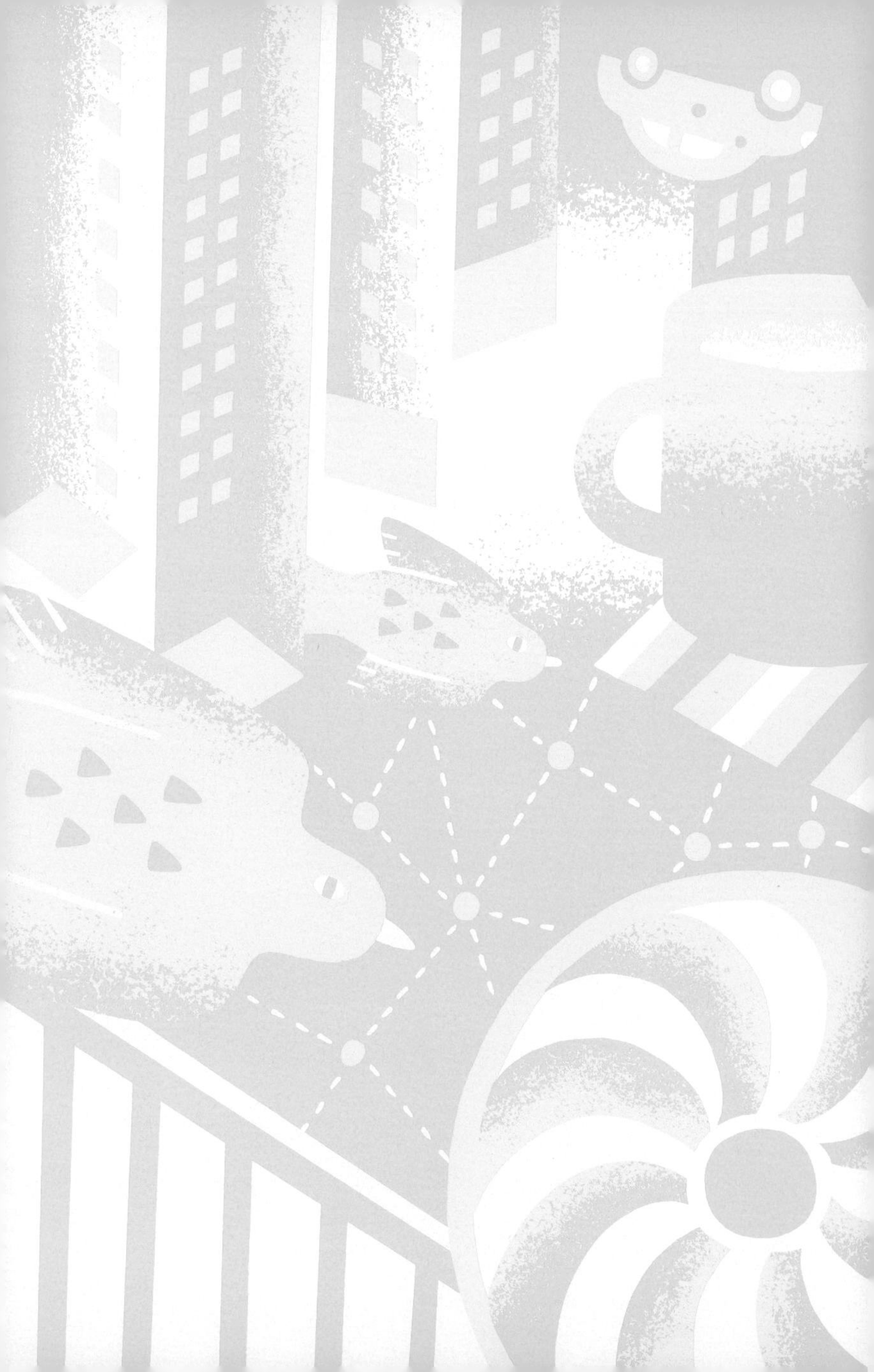

チョン・セラン
すんみ訳

# 屋上で会いましょう

AKISHOBO

This book is published under the support of
Literature Translation Institute of Korea (LTI Korea).

装丁・装画　鈴木千佳子

# 屋上で会いましょう　目次

# ウェディングドレス44

そのドレスは二〇一三年七月、カナダデーを記念したセール期間中にバンクーバーの小さな倉庫から選ばれ、韓国にやってきた。デザイナーズドレスとはいえ、新人が作っているので値引き率がかなり大きかった。値札に一万五千ドルとある値段が、三千五百ドルとなっていた。サイズは「四」。だが、少し大きめに作られていて、紐で調節がきくようにもなっているため、七号から十一号サイズまでなら誰でも着ることができた。

## 1

そのドレスは、ずいぶん長いあいだ誰にも選ばれなかった。華やかさとは程遠く、幾何学模様のラインが走っている。レースやビジューやスパンコールといった飾りもなく、まるで折り紙で作られているようにも見えた。仕入れなきゃよかった、と店主が思い始めた頃、一番目の女性がようやくそのドレスを手にした。

「映画やドラマって、ドレスのシーンで特殊効果をたくさん使ってるんでしょう？　きれいに見せようってね。あんなの作り物なんだろうなとは思ってたけど、やっぱり着ただけじゃ何も変わらないな。ただの私だ」

化粧も髪のセットもしないでやってきた女性は、鏡に映った自分の姿を無表情に眺めた。

「さっきのドレスをもう一度ご試着なさいますか？」

「いえ、これにします」

「こちらのドレスは、お客様が初めてなんですよ。ご存じだと思いますが、ドレスの寿命は短くて、せいぜい七人までだって言われてるんです」

いくら強調しても、特に女性の心には響かない様子だった。

## 2

「あまり締め付けないでください。私、倒れやすくて……」

二番目の女性は、緊張すると血管迷走神経反射による失神を起こしやすい体質だった。ドレスを選ぶときは、デザイン以上にコルセットで息が苦しくならないかを気にしていた。締め付けられる服が体にいいわけがない。女性はトップが比較的ゆったりしている海外のドレスを中心に見て回り、そのドレスを着ることにした。かといって、決して着やすいというわけではなかった。

何度か危ない瞬間がなかったわけではないが、気を失うことなく、式は無事に終わった。ドレスを脱ぐと安堵の息が漏れた。はあ、死ぬかと思った。うっかりこぼした言葉に、スタッフから笑いが起こった。

それ以来、映画にドレスやコルセット姿の女性が出ると、息が苦しくはないだろうかと気になって集中できなくなった。あの役者はあれを着て、どんなに我慢したんだろう、あの時代の女性はいったいどうやって生活したわけ？　さまざまな考えが次々と頭に浮かんだ。

一人の女性が気を失うシーンがあり、やっぱりね、と二番目の女性は合点がいった。

## 3

ちっとも結婚するつもりなどなかったのに、スカーフを失《な》くしたことがきっかけで結婚の運びとなった。

ただのスカーフではない。運命のスカーフだった。それをつけるたびに、あちこちから称賛の言葉が三番目の女性に寄せられた。色から柄、大きさ、生地までがぴったりと似合っていたのだ。ベースカラーは水色だった。どのようにむすんでもしっかりとその形を保っていた。ワンピース、ブラウス、Tシャツのどれと組み合わせても、いつも違う顔を見せてきちんとハマってくれた。そんなスカーフを失くした日はいくつもの訪問先を回っていて、どこで落としたかを思い出すことができなかった。女性はひどく落ち込んでしまった。

同じものを買いなおそうとしたが、三年も前に買ったそのスカーフは、デパートでもネット通販でも見当たらなかった。色ちがいならあったが、それは彼女が探しているものではない。海外の通販サイトまで隈なく探したがダメだった。ついに女性はあきらめた。それでも、クローゼットを開けると五回のうち三回はため息が漏れた。

あきらめなかったのは彼氏のほうだった。国際電話をかけまくり、切実な思いをつづったメールをあちこちへと送り続けた結果、同じスカーフを買うことに成功した。ヨーロッパの店員たちにけむたがられて一カ月、そのあいだに男は、彼女への愛の大きさに気付いた。男は女性にプロポーズをした。北岳《ブガク》スカイウェイの八角亭で、スカーフと、二人で訪れた場所にあらためて一人で出かけ写真を撮り、メッセージを添えて作ったアルバムを手に持って。

彼女にはいろいろな計画があった。やりたいことが山ほどあり、海外研修も予定していた。

「結婚してからも君の好きなようにすればいいよ。そのために、俺が頑張るから」

その言葉を信じるほかなかった。

「スカーフはどうして二枚もあるの？」

「今度失くしたらまた悲しむんだろうと思って」

「ひどい。絶対に失くすと思ってるのね」

感動の涙を期待していた男は、全然泣かない女性に少しがっかりしたが、あまり気にしないことにした。

女性がそのドレスを選んだのは、飾りがなかったから。女性は水色のスカーフにガーゼタオルを当ててアイロンをかけ、ベルトのように折りたたんだ。ドレスとスカーフは、もともとセットだったかのようによく似合っていた。

## 4

四番目の女性は、結婚一カ月前から新居で彼氏と暮らし始めた。部屋の契約期間が終わってから結婚するまで、微妙なインターバルができてしまったのだ。会社の休みも取れないのに、結婚準備をしながら二度の引っ越しをするのは無理な話だった。

そんななか、キッチンシンクのトラブルが起こった。湿気で腐ったベニヤ板の下から、ゴキブリがぞろぞろとはい出た。韓国にこんなのがいたんだ、と目を疑ってしまうほど大きいゴキブリ。業者を呼んだが、シンクをまるごと交換しないと撲滅は難しいらしい。薬を撒きながら前に住んだ人を恨み、海外にいるからとなかなか電話に出てくれない大家を罵った。一人であたふたしている間、彼氏は招待状を渡しに行ってくると言って夜明けまで帰ってこない日々が続いた。女性は見えないゴキブリの気配さえ察知できるようになった。しかたなく残業をみずから買って出て、帰りが早い日にはカフェで時間をつぶした。家では寝るだけ、それも仮眠に近い浅い眠りだった。口が開かないように寝ながらも神経を張りつめていた。あんな大金をかけた家に帰りたくないなんて。事態のばかばかしさに怒りがこみ上げ、ゴキブリ問題を他人事のように思う彼氏にも腹が立った。それでも我慢して細々《こまごま》とした結婚の準備を一人で進めていたが、式まで二日残して、ついに爆発した。

「この一カ月みたいな日をこれから毎日送るくらいなら、結婚はもうナシにしたほうがいいと思ってる！」

事態の深刻さにようやく気付いた男は、腐ったベニヤ板を素手ではがしながら女性に謝った。寝不足で疲れた顔をして、女性はドレスに体を滑り込ませた。

## 5

五番目の女性は若かった。二十二歳。すべての決定は両親の手にゆだねられていた。ずっと年の離れた男の両親が結婚を急ぎ、その家がいわゆる「上流階級」だったので、女性の両親はまだ大学を卒業もしていない娘の結婚に賛同した。

「若くてピュアだからね」

と言われたことが気がかりだった。肌の話だろうか。それとも……。胸の奥からもやもやした気持ちが湧き上がってきたが、まだ表面には出てきていない。

## 6

六番目の女性のうなじにはタトゥーがある。下から頭に向かって伸びている矢印と、「ナイトメア・マシーン（Nightmare Machine）」という冗談じみたレタリングタトゥーだった。ショップで試しに髪をアップにしてみたら、タトゥーはとてもよく目立った。その姿を見ていた男が、突然、語気を強めた。

「タトゥー入れるときさ、いつかは結婚すると思わなかったかな。ほんとイヤなんだよ。おまえがちゃんとした大人なら普通消すだろ」

二十四歳のときに入れたタトゥーだった。一度だって後悔したことはない。最初は髪をおろすかファンデーションをぬるかして隠すつもりだった。だが、男が突然かんしゃくを起こすのを見て、穏やかに、と進めてきたすべての計画をチャラにしようと思った。

「自分の身体でいちばん好きなところなの。あんたよりも好き」

それから二週間、互いに一歩も譲らない神経戦の末、女性は式場への入場を前にもう一度鏡を振り返った。そのタトゥーはやはりクールで、ドレスともよく似合っていた。私の体だもの。結婚後にもそれは変わらないわ。自分の好きにするから、見たけりゃどうぞご勝手に。

四十四人のなかで最もクールなウォーキングを見せながら、女性は式場に入っていった。

## 7

どちらの友達が多いか賭けをした。新郎も自信があったけれど、結果は新婦の圧勝。記念撮影を二回に分けなければならないほどだった。七番目の女性は大の人好き、パーティ好きで、結婚式のことも人生最大のパーティだと考えていた。ドレスはそんなパーティにぴったりのものだった。

夫婦は引っ越しパーティを二十回ぐらい開いた。すべてが終わった頃には次の引っ越しを控えていた。

## 8

八番目の女性はコラムニストだった。結婚生活にもそろそろ慣れてきたかな、という頃、女性はつぶやいた。

「これで幻滅については、そこそこ書けるようになったかもね」

## 9

大学院生だった九番目のカップルは、入籍のみで結婚式は挙げないつもりでいた。別に結婚式へのロマンもなく、そんなことにお金をついやすのも嫌だった。それまでの貯金で大学の近くに2Kの部屋を借り、インテリアに力を入れた。二人はすっかり満足した。最初の二年間、両家からは非難轟々《ごうごう》。なんとしても結婚式は挙げるべきだというのだ。女性の母親は泣き崩れ、男の父親は激怒した。二人は降参して、二人で省略しようと決めたすべてのプロセスを振り出しに戻した。やれやれといった気持ちで女性はドレスを選んだ。

古典文学が専門の女性は、古典に出てくる英雄のほとんどが孤児であることに、あらためて思いを馳せてみた。孤児こそが真に勇敢になれるはずだと。

## 10

違約金を払ってドレスの予約を取り消した。結婚前に健康診断で病気が見つかってしまったのだ。

## 11

十一番目の女性は、できる限りのことをしてみたかった。ウェディングプランナーからの提案を、なるべく聞き入れることにした。

## 12

十二番目の女性は、できる限り何もしたくないと望んでいた。結婚指輪さえほしくなかった。ふだんから極細のものだって付けるのがイヤなのに。立て爪のものだと、顔を洗うときに傷つけたり、ニットに引っかかったりするかもしれない。ふだんは外しておいて、出かける際にわざわざ付けるという面倒なことをするタイプでもなかった。趣味趣向の問題だった。

「せめて指輪はダイヤモンドにしたらどう？」

義母は、これから嫁に迎える十二番目の女性が理解できなかった。ダイヤモンドの指輪が買えるチャンスなんて、人生でそうそうないはずなのに。十二番目の女性は、趣味がはっきりしているわりに頑固でなく、うまい具合に妥協点を探った。調べに調べて、鐘路《チョンノ》で最安値のジュエリーショップを見つけることができた。

「いちばん小さくてランクも低いものでお願いします」

店のオーナーは、十二番目の女性のことを貧乏な花嫁だと勘違いしてしまった。女性が指輪を引き取りに行くと、オーナーはしたり顔で二ランク上のダイヤモンドが載っている指輪を差し出した。

「ランクが低すぎるものは、国内ではなかなか手に入らないので」

女性は何か誤解されていることをすぐに察知し、みすぼらしい服で来てよかったと思った。

女性がそのドレスを選んだのも、キラキラしないからという理由だった。

## 13

十三番目の女性は、新婦控室に入ってきた従姉を見て喜んだ。従姉は女性と腕を組んで写真を撮りながらひそひそ声で言った。

「これからの結婚生活で自分の弁護ができるのは自分だけ。他の誰でもないの。いつか一人では無理かもと思ったら私に電話して」

従姉は弁護士だった。はじめは不思議に思えたその言葉の意味が、結婚生活を送っていくうちにだんだんとわかってきた。女性のほかに、誰も女性の気持ちを知ろうとしないのだ。あれもこれもと要求してくるだけ。自分にしか自分を守ることができない。

幸い、従姉の助けが必要なときはまだ来ていない。

## 14

十四番目の女性は再婚だった。もう一回だけ、と思ったし、それなりに希望も感じていた。ウマが合う相手との結婚生活がどんなものかを確かめてみたい気持ちもあった。夫婦の性格は、結婚というマシーンを動かす大事なパーツのようなものかもしれない、と思った。そもそも合わないようでは動かすことができない。びくともしない。今度こそはちゃんと動いてほしいな。

ダメならしかたないか。作業着のようにドレスを着ながら、女性は気楽に考えていた。

# 15

「結婚生活はどうですか」

「屈辱的だよ」

後輩からの質問にそう答えて、十五番目の女性はハッとした。とっさに出た言葉だったが、その言葉であいまいだった気持ちが突然はっきりとしてきたのだ。

「幸せの絶頂にいる瞬間だって、基本的には屈辱感が静かにさざ波を立てているの。私の時間、私のエネルギー、私の決定を誰も尊重してくれないからね。自分の人生の所有権が、別の誰かにゆだねられてしまった気がする」

「でもダンナさんは優しいですよね？　うらやましいと思ってた」

「夫の問題じゃないのよ。私のほうが制度に頭を下げてしまったわけ。そしてそのことに気付いた韓国社会が、いろんなことを当たり前のように私に押し付けてくるようになったの」

「当たり前のように押し付ける？」

「そう。突然みんなから『しなければならない』という言い方をされるようになった。大人になってからは、一度もそんなふうに言われたことなかったのに」

「例えば？」

「夫と私って同じ試験に受かってるじゃない？　なのにみんな私だけに『もっと余裕のある職場を探さなきゃ』と言う。どうして私だけ余裕が必要なわけ？　どうしてそれが当たり前なの？　どうして私にはそんなことを要求していいと思ってるの？　屈辱的だわ」

そう言って十五番目の女性は、言葉にすることで明確になったことについて、静かに考えをめぐらせていた。

## 16

十六番目の女性は、そのドレスを着てアルコール依存症の男と結婚した。男が階段で転んで頭を割ったり、せっかく受けた治療が台無しになったり、二回も強盗に狙われ、そのうち一回は入院したり、二回目の治療が失敗したり、冬に道端で寝てしまって顔面の神経が麻痺し、ふたたび入院が決まったときには、もう限界を感じた。人間ではなく病気が悪いのだとは十分理解していたが、それでもこれ以上は……。

「次に連絡が来るときは訃報だろうね」

離婚の届出が終わった帰り道に、女性は言った。男からの返事はなかった。

「野垂れ死にはしないでね」

地獄のような結婚生活だったが、それは本心だった。

## 17

十七番目のカップルはお酒が大好きだった。飲み代がかかりすぎるので結婚を決めた。いまでも変わらず食べるより飲むほうがかかるけど、家は安全であたたかい。二人とも別の飲み友はほしくなかった。おしゃれにお酒を収納できる棚を買った。棚ごとに温度設定を変えられる。酒好きだが、飲みすぎはしない。肝臓は生まれつき丈夫だ。その丈夫な肝臓の遺伝子をいつか子どもに受け継がせたいところだが、妊娠中の禁酒を考えると、女性はなかなか心を決められずにいる。

## 18

友達に会って、結婚式の招待状を手渡した。五人を呼んで夕飯をごちそうしたが、そのうち一人は同性愛者だった。だしぬけにその友達が言った。

「結婚式にはもう行かない。ご祝儀も払わないつもり」

笑ってはいたが、本音半分の冗談だとわかった。

「え、結婚式は行かないと」

「あんたはご祝儀払わなくてもいいよ。それかお気持ち程度で五千ウォンだけ払ったら？」

十八番目の女性は家に帰りながら、社会の不公平さについて真剣に考えた。ご祝儀のような小さな問題が、やがて大きな問題へとつながっていくはずだ。結婚とは所詮、法の問題、制度の問題、保護の問題なのだ。友達はいま、ひどく不公平な立場に立たされている。結婚の平等権に関するニュースを読むたび、ため息が漏れた。

「生活同伴者保護法（血縁や婚姻関係にない同居人たちが、既存の家族関係になるカップルと同等の法的保護が受けられるようにする制度。韓国では二〇一四年に法案が提出されたが、まだ成立はしていない）が早く成立するといいね。最近気付いたんだけど、私がしたかったのは、結婚じゃなくて、法的保護が受けられる同棲だったと思う」

結婚歴のいちばん長い友達がそう言うと、

「それでも……私は結婚がしたい。堂々とあの人と結婚式を挙げたいの。あの人の家族と交流もしたい」

と同性愛の友達がきまり悪そうに言った。

「え、なんで？　結婚ってダサくない？　めんどうだし疲れるだけじゃない。嫌な親戚が二倍に増えるだけだよ」

結婚した友達がみな賛同した。

「なんだろうね。結婚への幻想があるのかも、ダサいけど。文句を言うのはやってみてからにする。同棲でもいいし、制度にとりこまれてしまってもいいけど、まずは大きな声で言ってみたいの。私たちは一緒になることにしましたーってね。そう決めたからって社会から孤立するのではなく、ちゃんと社会のネットワークのなかでつながっていたいの」

「それはそうよね。浅はかだったわ」

最初に話題を振った友達がうなずいた。

「自分の特権に気付かなかった。結婚制度が壊れて、何かに取って代わられたらいいなと思ってたけど……いつか結婚が、誰もしなくてもいいし、誰にでもできるようになれば、また違ってくるんだろうね。ごめんね」

「なんであんたが謝るの？」

「わからないけど、でもごめん」

結婚式の当日、ついにその友達だけは新婦控室に姿を見せなかった。気になった。あの子の悲しさにはずっと前からうすうす気付いていたのに。社会がまったく変わらなかったわけではないけど、その変化のあまりの鈍さに痺れを切らしているのがわかった。今日来なくても寂しくは思わないようにしよう。女性はそう決心した。

その友達は集合写真を撮るときになり、ようやく姿を見せてくれた。

「遅くなってごめんね」

「ううん、来てもらえただけで嬉しいもん」

友達の手をほんの一瞬ぎゅっと握った。手袋越しにその手の感触が余韻のように残った。

19

フリーランスの女性は、出勤前の夫にタコ踊りを披露した。

「どけ、このタコ焼きめ！」

「タコ焼きだと！　よくも私をぶつ切りにしたな！」

夫が帰ったときにはどんな踊りを見せようか、これから悩んでみようと思う。

20

結婚三年目に入り、二十番目の女性はふと思った。私って親に騙されたのかしら。長いあいだこれが普通の人生だと刷り込まれ、結局親と同じ道をたどってしまったのかしら。

21

結婚三年目に入り、二十一番目の女性は夫にしょっちゅうイヤミを言われるようになった。

「おまえ、いつもそんなに憂うつそうでどうすんだよ。なあ、薬でも飲めよ」

女性は何食わぬ顔で答えた。

「このうつは知性の副産物でね。あんたには理解できっこないよ」

## 22

「こんな寒い日には、裸になって抱きあっているのがいちばんなのに」

女性はうっかり大きい声で言ってしまった。周りに彼氏しかいないと思っていたのだ。通りすがりの人にびくりとされ、二人は赤面した。繁華街から遠くない薄暗い路地だった。

「じゃあ結婚しちゃおうか」

「なんか関係ある？」

「うーん、結婚したら予定を合わせて会わなくても、冬が終わるまでずっと抱きあっていられるんじゃない？」

「そうかな」

こうして二人は結婚した。女性は片手で読める電子書籍リーダーのユーザーで、男はお坊さん並みに服がなかったので、二人は小さなおうちで毎日抱きあっていられた。

肌から肌へ伝わる温もり、その温もりを求めて。

## 23

結婚のさまざまな属性については、以前からわかっているつもりだった。しかし、こんな借金祭りが始まるとは想像もしなかった。借金のことで頭がいっぱいになり、ドレスのデザインどころではなくなっていた。

## 24

「あら、妊娠したの？」

エンパイアラインのワンピースを着ただけなのに、取引先でこんなことを言われた。結婚し、新年を迎えてからは、しょっちゅうだ。誰もがするするとある一線を越えてしまうことに、女性は驚いた。そんなことが聞けるほど親しい仲じゃありませんよね、と言い返したい気持ちを、毎回ぐっとこらえる。実は誰とも、家族とだってそこまで親しくはない。女性は生まれながらの個人主義だった。行事で集まった親戚がよかれてと思ってかけた言葉に、背筋が凍るような思いをあじわった。他人の生殖と生殖器事情にまでどうして軽々しく口を挟めるんだろう。女性は不思議だった。

さらにがっかりなのは、若い世代の、十分に個人主義になり得た世代の人たちが、同じような話をすることだった。久しぶりに会った友達が、既成社会の価値観を鵜呑《うの》みにし、女性のプライバシーを侵害するようなことを言ったとき、女性は心のなかの友達リストから、その人の名前を消した。あんたとはもうさよならね。うんざりしたまま、そんなことを思った。

親戚とも、友達とも、誰とも会いたくなかった。みんなこうやって移民するんだ。目を開けたら、ここが見知らぬ人ばかりの街だったらいいのに、と思う。

**25**

ショッピングモールで大ゲンカをしてしまった。

「ホームソーイングでも習おうかな。受講料も安いし」

女性が市民講座案内を見て言うと、男が声を尖らせた。

「習うなら料理からだろ」

一度はやり過ごそうと思った。

「簡単イタリアン教室だって。これにしようかな?」

「だから、韓国料理からやれって!　ふだんのおかずからさあ!」

二度は許せない。この男、とんだ勘違いをしている。共働きしながらごはんを作っているのは、こっちがサービス精神を発揮しているだけなのに。淡々と反論できればよかったけど、女性には嫌なことが積もりすぎていた。

「もう一回言ってみな、この役立たずが！」

激論の末、ついに男が泣き出した。女性はあまり謝りたいとは思わなかった。

## 26

寝ている男の肘が、女性の瞼《まぶた》に強く当たった。女性の目にはあざができた。

「本当にごめんな。夢にゾンビが出てきて」

怖がりの男は、怖がりながらもよくホラー映画を観ていた。わざとじゃないとわかっていても、女性は腹が立った。三日経っても怒りは収まらない。

四日目になって女性はようやく気付いた。自分は怒っていたのではない。怖かったのだ。これまでは気にしたことがなかったが、二人には圧倒的な力の差がある。いつか夫が頭をケガしたり認知症になったりしたらどうしよう。突然豹変して首を絞めてきたらどうしよう。最悪な状況が次から次へと頭に浮かんだ。

27

二人は、女性の親戚から教会で行われる結婚講座を勧められ、続けて男の親戚からはお寺で行われる講座を勧められた。無宗教の女性は戸惑いながら尋ねた。

「はい？　絶対に結婚するはずのない神父さんやお坊さんたちからお話を聞くんですか？」

あの子は昔から理屈っぽかったから、とイヤミを言われたが、女性はどうしても納得がいかなかった。

28

いつもの寝間着をすべて洗ってしまい、ずっと仕舞いこんでいた黄色いTシャツを棚から引っ張り出した。夫が間抜けな表情で言った。

「子どもの頃いちばん好きだったのが、黄色いカバのぬいぐるみだったんだよね……」

思わず男の背中に一発お見舞いした。暴力はよくないけれど、その連想だけは許せない。

29

二人で一枚の布団をかけて寝るのは、大失敗に終わった。結婚二カ月目のことだった。

「もう無理。別々の布団で寝よう」

二人とも体に布団を巻き付けて寝る癖があり、いたしかたのない結論だった。

「夫婦円満じゃないね」

冗談で言ったけれど、本音では別々のベッド、別々の部屋で寝たいと思っていた。軽い睡眠障害があるから。だけど、横で寝る人の体温が健康にいいというニュースを見てあきらめることにした。

30

二人はル・コルドン・ブルーで出会い、結婚した。知人たちは二人から招待される日を、指折り数えて待っていた。二人は招待客を前に料理の腕比べを繰り広げた。

31

週末が好きだ。温かいパンとパンに載せた冷たいジャム。

それぞれノートパソコンを膝に載っけて、二人ともシャワーはなしにした。

## 32

二人は結婚前に中絶を経験したことがある。

## 33

ある日突然、夫から中絶の経験があるかと聞かれた。

## 34

小さい頃からまじめだった三十四番目の女性は、結婚適齢期に付き合っていた男と焦って結婚した。何年かしてようやく、結婚なんてやらなくてもいい宿題だったのではないか、という疑問が浮かんだ。五歳下の妹との電話で、女性はこんなふうにこぼした。

「二十歳を過ぎればもう大人なのに、自分のことを子どもだとばかり思っていた気がする。みんなにまだまだだと言われて、本当にまだまだだと思い込んでた。結婚しなかった大人はまだ子どもだなんて、おかしいと思わない？　それで勘違いして、結婚は絶対しなくてはいけない宿題だって思っちゃったんじゃないかな。あんたはそうならないでね。最近、

『非婚』が話題になっててうれしい。私もこういう時代を待ってればよかった」

「お姉ちゃんは結婚してるからそう簡単に言えるのよ」

「そうかな？」

「わかんないけどね。私も思うことはいろいろあるけど、いまの社会は既婚者中心にできてるもん」

「社会はいつか変わるはずよ。思った以上に速くね」

「でもいま現在は、宿題をやってこなかった生徒に厳しすぎる昔の先生みたいじゃない」

「おててパチンってされるかな」

「ヤクザみたいに張り飛ばさないだけマシだよ」

## 35

新婚ほやほやの三十五番目のカップルは、毎晩、この国の将来を心配していた。

「心配事が多すぎて、新婚なのにセックスする暇がないね」

「これが出生率低下の原因だな」

車に乗っていると、ラジオから家父長制の話が流れた。運転中の男が女性に訊ねた。

「俺と結婚してよかっただろ？　全然家父長的じゃないから」

「どうだろうね」

「俺ほど家父長的じゃない男もいないさ」

「それはあんた一人で決まるものじゃない。たとえば、この前の法事のこと思い出してみて。私は会社を早退までして九時間も働いたのに、あんたは仕事帰りにちょっと寄って、お辞儀して、果物食べて、従姉と遊んで、一時間ぐらいがせいぜいじゃない？」

「俺も早退すればよかったか？」

「そういう時間が生涯をかけてどんどん積もり積もっていくって話をしてるのよ。それがいつか大きな差になってくるわけ。変だと思わない？　あなたのおじいさんの法事だよ？　私は会ったこともないのに、どうして親孝行を下請けさせられるの？」

「下請けって……」

「嫁たちは九時間も法事の準備をしたのに、誰も参加できずにただ突っ立ってなきゃいけないのよ？」

「それはさ、何年か前に嫁たちにも参加してもらおう、という話があったんだよ。でも伯母さんの膝も悪いし……」

「とにかくそれを家父長制と言うの。あんたの目には見えてないものが、私には見えているわけ。私の目にだけ見えるものがとっても多いのよ」

二人は黙り込んだまま、ラジオから流れる話を聞きながら家に帰った。

## 37

一生結婚はしないつもりでいた。なのに、片方の留学が決まり、配偶者ビザをもらうため婚姻届を出すことになった。すると母がいまだと言わんばかりに、式はともかく写真だけは残してほしいとしつこく説得してきた。親孝行だと思ってドレスを借り、撮影を終わらせた。母はその写真を友達とのグループチャットでばらまいているらしい。

出国前の送別会で友達に愚痴をもらすと、みんなからお祝いをされてしまった。結婚したくてしたんじゃない。祝ってもらうつもりで話したんじゃない。そう説明することもできなかった。

そのとき、一人に耳打ちをされた。女性と同じく彼氏と長年同棲中の友達だった。

「私も公務員官舎に申し込もうと思ってて、当選率が上がるから婚姻届出すつもり」

「ほんと？」

「何も気にしなくていいよ。実利がかかってるんだもの」

やれやれ、と二人は顔を見合わせて笑った。

## 38

女性の父は国会議員で、男の父は将軍だった。ご祝儀の列が会場のフロアだけでは収まらず、螺旋階段の下へ下へと続いた。お祝いの花が次から次へと届き、メッセージを外しては花を片付け、メッセージを外しては花を片付けることの繰り返し。花はどこかで再利用されるのだろう。

新婦控室に座っていると、わずかに開いたドアの隙間から誰かの話し声が聞こえてきた。

「こんな結婚式は初めて。両家ともにボロ儲けだよ」

そうか、それが本質なのか。気が遠くなる思いがした。招待状に「大変恐縮ですがお花はお控えくださいますようお願い申し上げます」という文言を入れようとしたとき、父親が猛反対したことをふと思い出した。

39

大好きだった。好きな人と心置きなく一緒にいられるいちばんいい方法だと思い、二人は結婚した。二人は思慮深くて穏やかな性格のおかげで、他の夫婦なら我慢できないようなことでも、上手に乗り越えることができた。

ただ、妻には新しい恐怖が生まれた。夫の死が頭から離れなくなったのだ。夫の肌も、触り心地のいい腕も、いつかは消えてしまうだろうと思うと不思議でならなかった。こんなに素敵な体が腐ってしまうの？　そんなのあり得ない！　すんなり受け入れられた自分の死とは違って、夫の死についてはなかなか受け入れられなかった。夫の寝息がゆっくりになり過ぎると、女性は夫の鼻の下に手を当ててみた。寝息がうるさい人なら、かえって安心して暮らせただろう。

「どうしてそんなことを考えるんだろう。まだまだ先のことなのに」

夫が言った。

「むしろどうして考えないの？　不幸は曲がり角の向こうでいつも身を潜めていて、通りかかった人をびっくりさせるのよ。人生はその繰り返しって言われたことあるけど、ほんとそのとおりだと思う。私たちは不幸の共同体になったということ」

「ずっと幸せでしたって人もいなくはないだろう」

「その場合でも、平均年齢を考えて七歳ほど下の男と結婚しているはずよ」

妻はそう愚痴をこぼしたが、ついに交通事故の様子が映っているドライブレコーダーの映像さえ見ることができなくなった。

「とにかく、暗いことばかり考えすぎるなよ」

夫は簡単に言った。それができればいいけれど、そう簡単にはいかないのよ。暗い。愛は暗いの。家族になるってことは暗いのよ。どんなことにも暗い面があるの。子どもが生まれたら、子どもの死もまた恐れるようになるのかな。眠れない夜には、目をつぶってこれから増していく恐怖について推し量ってみたりした。

## 40

幣帛《ペベク》（結婚式後に親族だけで行う伝統的な婚礼儀式）が長引き、四十番目の女性は焦っていた。式に来てくれたお客さんへのあいさつ回りが済んでいないのに、いやに長引くのだ。夏だった。管理が不十分なのか、会場からレンタルした羽織と髪飾りには、何百人もの体臭が染み込んでいる。胸がむかむかした。お辞儀し、お祝いの言葉を聞き、子宝祈願のナツメと栗を受け取る。これを何十回も繰り返した。暑いし気持ち悪いしで、疲れが限界を迎え、いまにも倒れそうになった。

やめればよかった。幣帛なんかやめればよかった。本式だけで終わりにすればよかった。こんなつもりじゃなかったのよ。私ったら、なんでやるって言っちゃったんだろう。みんなはもう帰ったのかな。昔の同級生も、会社の同僚も、友達も、わざわざ足を運んでくれた知人も、みんな帰ってしまったかもしれない。宴会場に顔も出さないと陰口を叩かれたかも。女性は肩を落とした。

テーブルいっぱいの食べ物のレプリカが、ふいにばかばかしく思えてきた。私は何をやってるんだろう。式を伝統スタイルでやると言ったわけでもないのに。いちばん好きな小説は『バートルビー』なのに！

結婚式をやってみて、自分は慣習にとらわれやすいということがわかった。それから頻繁に「これは単なる慣習なのでは？」と確かめるようになった。意味がないと思うことはできる限りやらないつもりだ。

## 41

壊れたスチームアイロンから水が漏れた。それだけのことなのに、女性はわんわんと泣き出してしまった。アイロンに「この製品は、漏水防止テストに合格した製品です」と小さなシールが貼ってあった。それが悲しかった。

「ホルモンのせい？」

カレンダーを見た。水漏れするアイロンが、人生の隠喩のように思えてならない。涙防止テストに合格した人生です。そんなシールが貼ってある人生でも、いつかはきっと涙を流すことになるのだ。

## 42

国際結婚だった。婚姻届を出すために必要な書類が複雑すぎて、女性は頭を悩ませた。その至難の作業をなんとか済ませると、今度は、帰国して結婚式を挙げなさいと家族がうるさくなった。式場はなんと明洞《ミョンドン》聖堂。韓国語が一言もわからない男を連れて、聖書の勉強会に通った。小さな声で男に通訳していると、後ろ席のカップルに「シッ！」と言われてムカッとした。

式の当日は、ドレス姿で膝をついたり立ったりして、思った以上に大変だった。男は緊張でかちんかちんになっていながらも、女性が体を起こすたびにドレスを直してくれた。意識してわざとやっているようには見えなかった。緊張状態で自覚もなく女性をいたわっているのだ。女性はとてもうれしかった。男の生まれた国でも、男の使う言語でも、男の信じる宗教でもなかった。男側からは、最小限の家族と友達が参加していた。韓国での結婚式は、もっぱら女性のためのものだった。それでも男は式の間じゅう女性のドレスを気にかけてくれた。女性は男の愛を感じた。

緊張しすぎて男が誓いの言葉の「I will honor you」を「I will horror you」と読み間違えても、不吉な予感はしなかった。あなたは私を怖がらせないはずよ。いつまでも怖がらせたりはしないはず。

そもそも英語ネイティブでもない男に、英語で誓いの言葉を言わせるほうが悪いと女性は笑った。

## 43

コーヒーが好きだ。コーヒーを飲むと元気が出て、頭が三倍も速く回る気がする。早朝から美容室に行って式場に向かうまで、コーヒーを一口も飲むことができなかった。ああ、誰か、あたしにコーヒーを。しかしコーヒーは利尿作用がある。ドレスを脱いだり着たりしてまでトイレに行くのは面倒だった。女性は我慢した。

「ドリンクをお持ちしましょうか」

部屋に入ったスタッフが、女性に小さなメニューを見せながら言った。

「エスプレッソでお願いします」

とっさにこう答えた。付いてくるスイーツはマカロンとエクレアだという。スタッフがトレーを持って現れたのは、式が始まる三十分前。お客さんが会場を埋め始めていた。小さなエスプレッソカップへ、その救いへ、女性は手を差し伸べた。

思いがけない事態が起こってしまった。手袋の生地があまりに滑りやすかったのだ。小さなエスプレッソカップが手のなかでくるくると回り、左のお尻から太ももまでにコーヒーをこぼしてしまった。着付スタッフの悲鳴。

友達まで詰めかけておしぼりでコーヒーをふき取り、幸い用意されていたシミ抜き剤を塗布し、後ろの飾りを前のほうに付けなおした。汚れは完全には隠れなかったが、しかたなかった。

「ああ、飲むんじゃなかった」

カメラマンは、ずっと同じアングルで彼女を撮るしかなかった。

## 44

特殊クリーニングによって、その災いの跡はほとんど消えたものの、影のようなかすかなシミが残ってしまった。こうしてウェディングドレスとしての役目は終えることになったが、ただちに廃棄されたわけではない。ドレスは安価でドレスカフェに転売されていた。だいぶ前からブームになっているドレスカフェでは、三万ウォンぐらいのレンタル料を払えば、韓服、イブニングドレス、ウェディングドレスを着ることができる。いっときブームが収まったかと思ったら、韓服姿で近くの古宮を回りながら写真を撮るのが外国人観光客の定番のコースとなり、近年の利用客はますます増加中だ。室内スタジオもより派手な作りとなった。照明で自然光の効果を再現している偽物の窓、大理石調シートを貼った柱、年中花を咲かせている梅の木、アンティークの鏡台、発泡スチロール製の瓦を載せた韓屋の塀。

韓服を選ぶ客がほとんどで、ドレスは誰にも選ばれることなくしぼんだみたいにかかっていた。ようやくそのドレスを手に取ったのは、休みを迎えて写真を撮りにきた仲良し女子高生たちだった。

「これ見て。かわいい」

「それにする?」

「そうしようかな。この前結婚した従姉がこんなドレスを着てたの」

「へえ、じゃあみんなでウェディングドレスにしよっか」

スタッフが着付けを手伝った。まだ体が小さく、だぼだぼだったけれど、胸パッドを何枚か重ねてようやく固定した。

「こんなドレスを着て結婚したいなあ」

「結婚する年になっても、あたしたち、ずっとこのままがいいね。ブーケは他の人にあげないで、このメンバーでもらうことにしない?」

「私、絶対に結婚しないつもりだけど」

「絶対?」

「絶対、絶対しない?」

「それなら最後にもらえばいいね」

「そっか。解決!」

四人はゲラゲラ笑いながら寿命を迎えたウェディングドレスに着替えて更衣室を後にした。

ヒョジン

冷蔵庫の下の段から材料を取り出していたら、ふだんから私を嫌っている先輩がとつぜん上のドアを開けてね。その角に当たっておでこが切れちゃったの。誰かからすぐに手渡された紙のナプキンを傷口に当てて、思わず泣いちゃった。しくしく泣いたんじゃないよ。わんわん泣いたの。三十人ものスタッフでごった返しているキッチンでわんわんとね。皮がぽろりと取れて、白い中身がむき出しになってしまったクロワッサンみたいで悲しかった。その日のうちは先輩も優しくしてくれてたけど、とつぜんドアを開けたのはやっぱり敵意があったんだと思う。意識していたかどうかは別としてね。すぐにやめちゃう外国人、無責任な外国人、出来の悪い外国人、なんて思われながらも気付かないふりして、いつもにこにこしてたから。愛想笑いだっていうのがバレてよけいに嫌われてたから。

敵意ってなんだろう。敵意にさらされ続けても平気な人なんてどこにもいないと思う。

悪いものをザーッと洗い流せるシャワーみたいなものがあるといいな、と思うこともある。ゴミを手軽に吹き飛ばせるエアシャワーみたいなのがあるでしょ？

泣きながら作ったのに、ベリータルトの味で文句を言う客はいなかった。シュガーパウダーはなんでも覆い隠してくれる。人間の、関係の、俗っぽくて嫌な部分までもね。あの日の帰り道にあんたのことが頭に浮かんだの。傷の場所は、いつかあんたの顔に虹がかかっていたところだったから。

あんたを思い浮かべると、いつも額の横には虹がかかっている。二枚のガラスのつなぎ目が、プリズムのように光を放ってつくった虹。学校前の特別にきれいでもなかったカフェで、ガラス窓がときどきそうやって魔法を見せていた。「虹がこめかみにかかってるよ」と私が言うと、ゆっくりと目を動かしてたよね。そうすれば虹が見えるみたいに。そうしないと虹が消えてしまうみたいに。写真を撮ってあげようと思ったんだけど、何年も前に買った携帯のカメラでは、虹を写すことができなかった。

この前の電話で言ってたよね。私が想像のなかの人間みたいだって。私がそっちに行ったりあんたがこっちに来たりしてたから、たった数カ月会わなかっただけなのにそんな気がしてしまうってね。本当は私という人間も存在してなくて、東京という街もないのかもしれないと、そういう妄想をしてしまうときがあるって言ってたね。地球から東京を勝手に消さないで、と私は笑った。

二人で初めてここを旅行したときは貧乏な観光客だったね。そのあと私は一人でこの街に戻り、それから何度も身分が変わったけど、あんたと訪れた場所に差し掛かるたびに、不思議とあの日の日付と天気みたいなものが心のなかでテロップのように流れるの。彼氏たちとも何度も行った場所なのに、不思議と初めて行ったときの記憶だけがよみがえってくる。実はソウルでもそうだった。これだから元カレたちがあんたのことを邪魔に思ったのかもね。私たちってなんでこんなに素直なんだろう。ちょっとでも包み隠すことができれば「元カレたち」と複数形で言わなければいけないドラマチックで紆余曲折の多い人生を送らなくて済んだかもしれないのに。

誰ともあんたみたいにはパーツが合わないんだよ、と私が言うと、あんたはもう一回確認したよね。ピー、エイ、アール、ティー、エス、のパーツ？　ってね。いつも何気なく使っている言葉なのに、あらためてそうやって聞かれると、二人が小さくて頑丈な付属品になったような気がした。ちょっと形が違うんだけど隣り合っているパーツ。

四時間しか寝てないという話を、あんたは信じられないって言ったでしょ。夜十二時に帰宅して、朝四時には起きなければならない私の毎日を。一緒に住んでいた頃、あんたは私より先に目が覚めると、ときどき私の鼻の下に指を当ててみたり脈があるかどうか確かめてみたりした。「死んだみたいに、もう二度と起きる気がないみたいに、生まれてもいないみたいに寝るんだもん」と怒ってたよね。最近は眠りがどんどん浅くなってきてるの。かけている気がしない薄い布団みたいにね。

朝六時までには銀座にあるタルトの店に出勤する。行列のできるお店だよ。八〇年代から有名だったんだけど、正直に言って最近はちょっと落ち込み気味かな。代官山のような、チェーン店がとうてい似合わない街にまで無理に出店して、結局閉店したの。あと店長どうしの権力争いと暗闘がすごくて。私がいまいるところだって、店長がもう三回も変わっちゃった。

おしゃれに飾られたホールの奥には、三十人がごちゃごちゃと働いているキッチンがある。暑くて大変なのに、雰囲気はしんとして寒くてね。ミスしてもその日は何も言われないけど、次の日に店長の呼び出しがかかるの。その場で先輩に怒られたほうがマシなのにね。この前は入社して二週間しか経っていない新入社員が無断で休んで、あとから電話でこれ以上はもう無理ですって言うわけ。胃炎と腸炎と過呼吸でもう働けないって。人は変わっているのに、店の体制は八〇年代のまま何も変わってないのかも。

午前中のアルバイトが終わると、午後三時からは、歌舞伎町にあるスペイン料理屋でエクレアを作っている。エクレアはスペインのデザートでもないし、そもそもマスターってチリに留学してたらしいからちょっとあやしくはあるんだけどね。どうもこの店はマスターが小遣い稼ぎのためにやっているみたい。私はエクレアを作るためにだけ雇われてるの。製菓学校の学生を募集中だっていうから履歴書を出したのに、外国人だからって落ちそうになった。でも今は、私が働いている三つの店のなかでいちばんよくしてくれる。自営業のつらさについてもよく教えてくれるし。休みがないんだとか、いつもギリギリなんだとか。

エクレアを作ったあとは学校に行く。現場を引退した先生の教えは、科学的っていうよりは直観的なほうでね。塩を入れるとケーキのスポンジが焦げやすくなるっていうからその原理について聞いてみたの。そしたら、プールより海のほうが早く陽に焼けるでしょ？というちんぷんかんぷんな答えが返ってきてね。そんな話を聞くために高い学費を払ってんじゃないよ、このじじい！　と心のなかで思ったけど、実はいろんなことを教わってるよ。パンの焼きあがりが悪いと、特に厳しく指導される。君、まさかそのブサイクなシュークリームをかわいいと思ってないだろうな。全然かわいくないし、むしろ気持ち悪いぞ。私ね、先生のモノマネがとてもうまいんだけど、それをあんたにわかってもらえないのがとても残念なの。

学校のあとはふぐの専門店でバイトだよ。私を含めて六人のバイトがいるんだけど、最近はふぐが売れなくてうなぎも売ってる。看板の「ふぐ専門」という文字がちょっと納まり悪くなっちゃったけど、お客さんがいないよりはいいよね。水槽にうなぎが増えて、ふぐたちが行き場を失って戸惑ってるみたい。そんなふぐの写真を撮るのが、最近のマイブームだよ。ふぐって子どもみたいな顔をしているし、表情がある。バイトの連中は、しばらくツンツンしてたけど、最近はちょっとマシになったかな。お盆のときに代わりに出てもらって秋夕《チュソク》（祖先祭祀や墓参りなどの行事が行われる伝統行事。旧暦八月十五日）のときに代わりを頼まれるっていう関係も悪くないってことに気付いたらしい。社長はときどき様子を見に来るだけだから、暇なときは料理長が遅めの夕飯を作ってくれるの。韓国でもカレー食べる？　と聞かれて、思わず吹いちゃった。日本人ってどうしてインド人よりカレーに自信があるんだろうね。

　彼氏もこの店のバイトだった。勉強が忙しくなって今はやめちゃったけど。アルバイトで外国人は、私たちだけだった。彼は北京出身。東京があんたの記憶のなかでかすかになったみたいに、北京は一度も行ったことのない私にとって塵《ちり》で作られた都市なの。話で聞いただけの北京は、私の頭のなかで点描画みたいになってる。実際に行ってみたら全然違うだろうけど。彼は国際弁護士になりたくてこっちに来たって。学校で私はフランス語を学んで、彼は英語とスペイン語を学んでるんだけど、ケンカのときはいつも日本語だよ。

日本に来てわざわざなんでこんなことしてるんだろうって思うこともある。彼は韓国があまり好きじゃないから韓国語を覚える気がなくて、私も中国語では「青島《チンタオ》三本ください」としか言えないの。いつか北京で暮らしてみたいと思う？　って彼に聞かれて、仕事から帰ったら食卓に青島が三本だけ置いてあっても平気？　と答えたら、爆笑された。

彼の名前には柳という字が入ってるんだけど、この字は韓国語でも、日本語でも、中国語でも、同じような発音になる。その響きが好きで、彼の細長くて色白の顔が好きで、メガネがとても似合ってて、寝るときに地震が来るとみぞおちどうしがくっつくぐらいぎゅっと抱きしめてくれて、落ち込んだときにパンダの動画を見せてくれて、だいたいこんな理由で彼のことが好き。なんとなく中国人はパンダに対してクールなんじゃないかなと思ってたけど、そうでもないみたい。暗い部屋のなかでモニターだけを光らせて、パンダの動画を何度も再生している彼を見ていると、胸が痛くなるんだよね。彼につらいことがあったってことだから。あなたもつらいのね。そんな思いが私たち二人の絆になっている気がする。

私の部屋は、道沿いにあるマンションの五階なんだけど、耐震設計になっているため、ちょっと大きなトラックが通っただけで建物が揺れるの。疲れていてもなかなか寝付けないんだよね。信じられないでしょ。いつも死んだように寝ていた私が、夜中に何度も何度も起きちゃうんだよ。そんな夜には、いろんなことに考えをめぐらせている。ニュースで見た、サバを釣りに行ってマグロを捕った漁民がこの先もずっとラッキーであるようにと願ったり、ボトルキャップをのどに詰まらせて死んだというテネシー・ウィリアムズの死に際の気持ちを想像してみたり、歌詞の意味はよくわからないけど「アイコ・アイコ」を歌ってみたり。特に秋はブタクサのアレルギーがひどくて寝られない。息ができないの。ソウルでは平気だったから、ブタクサってたぶん東京のほうが多いんだろうね。名前もかわいくないくせに、花粉までまき散らしちゃって。どうせ苦労するならもう少しおしゃれな名前がよかったと思う。よりによってブタクサなんてね。

アルバイトを三つもやっていると何が何でも寝なきゃいけないから、寝るためのコツを一つ、二つぐらい覚えた。まずはね、関係のない言葉どうしを連想していくともう一回寝つけるときがある。ボタン、ラブラドール・レトリバー、オーガンザ、砕氷船、ゴムの木、噴霧器、ギリシャ正教会、メジャー、パイナップル、熱風機、蛾、スリッパ……みたいな感じに。関係性も決まったパターンもないほうがいい。すると脳が退屈だと感じるみたいで、すーっと眠れるの。

それでも眠れなかったら、今度は新しい靴に疲れた足を通しているところを何度も想像する。ふっかふかの靴だよ。ＥＶＡのアウトソールにラテックス製のインソールが入っていて、足を通したとたんあまりの気持ちよさに思わずため息がもれるぐらい楽な靴。そういう靴を箱から取り出して初めて足を入れる瞬間を頭のなかで無限ループさせてみる。するといい夢が見られるの。いつかもし眠れなくなったら試してみて。

あんたはどうかな？　夜中に連絡が来ることってもうあまりなくない？　うちの父だけは相変わらずなのよ。べろべろに酔っぱらって夜中にメッセージを送ってくる。もともとそんな人間だったからね。娘に「孝尽《ヒョジン》」という名前を付けたのを見るだけで、いかに自己チューな人間かわかるでしょ？　生まれたばかりの娘に、「孝を尽くせ」という命令をインプットする人間なのよ。ひどくない？　自分の意思で親孝行しようなんて気がまったく起きない名前なの。「孝」や「尽」という漢字が絶対に使わなきゃいけない「行列字」（親族の世代を示すため、名前に使われる特定の漢字のこと。きょうだいには同じ字が使われる）だったわけでもないの。しかも兄の名前には行列字を使っているのに、私の名前はそれとまったく関係のない漢字が付けられたんだからね。父からメッセージが送られてくるのがいやでメッセンジャーを新しく登録し直したんだけど、よく考えたらミュート機能というのがあったね。

父はお酒を飲むたびに「百里内の男だけが本物の男」と言ってた。他の土地の者はなよなよしてて血気がなくて女々しいっていうのが父の一貫した主張だった。そんなこと息子じゃなくて娘に言ってどうするんだよ、とも思ったけど、子どもの頃にはずっとそんなことを聞かされてたよ。

そんな父に会わせるのがイヤであなたを実家に呼ばなかったわけじゃないの。父って外ヅラはいいもの。たんにつまらない土地だし、いい眺めもこれといった特産品もなかったから。外食ができる店だって二、三カ所しかないうえにどこもまずかった。地元でいちばん長くやっていた鱈チゲの店があったんだけど、味がどうのこうのって話以前に、鱈がまだ凍ったまま出てくるときがあってね。洋食屋のとんかつなんかは、フェルトの切れ端を食べてるみたいだった。いつかいちばん先にこの土地を出ることになった人は、店を回りながらドアを開けて「クソまずい!」と叫ぼう、と友達どうしで約束するほどだったの。五回ぐらい誓ったけど、結局みんな無言で去るか、あそこから出ることができなかった。一カ所ぐらいは観光地があるんじゃないかって? あ! 確かに古いお寺が一つあるにはあるね。高麗時代にはかたくなに三国時代の仏像を作って、朝鮮時代にはかたくなに高麗時代の仏像を作ってたから、美術史においては大事な意味のある場所なんだって。お寺の裏の崖に浮き彫りされた観世音菩薩の顔も、慈悲の心なんてちっとも感じられない頑固な表情なの。小さなことにもひどく怒りそうな、絶えず何かを拒んでいるような表情。

子どもの頃には、首を長くして小包ばかりを待っていた。ソウルに嫁いでいった母方の叔母たちが、いとこたちの読み終えた本と一緒にクッキーの詰め合わせを送ってくれたから。ソウルのあちこちに散らばって住んでいる叔母たちは、それぞれ違う店で、日持ちするクッキーを選んでくれたの。なんとか堂という名前の由緒ある店のときもあれば、フランスの将軍と同じ名前の店のときもあって、当時は流行っていたのに今はなくなったチェーン店のときもあった。ときどき南大門《ナンデムン》の輸入品店で買ったらしい海外のお菓子も入ってたよ。学校が休みに入ると私がソウルに行くこともあった。叔母たちが父と大ゲンカをするまではね。ソウルに行けなくなってからは前よりも切実に小包を待つようになった。本も嬉しかったけど、箱を開けたらまず、クッキーを味ごとに一つずつ取っておいたの。父と兄がクッキーモンスターみたいにパクパクと平らげてしまうから、自分の分を先に確保しておく必要があった。容れ物が紙の箱じゃなくて、かわいらしいブリキ缶のときは私の宝物になったよ。

食べてからずいぶん時間の経ったクッキーの味を思い出しながら、何がなんでも上京するんだと何度も自分に言い聞かせていた。いつしか言葉も訛らなくなって。舌はすでに上京の準備を終えていたみたい。幸い、現役でソウルにある大学に受かることができた。浪人してこの家に、この町に居残ることは想像すらしたくなくて切羽詰まってたからね。

でも、入学を許してもらえなかったんだよ。一所懸命に準備して、志願して、論述や面接試験を受けにソウルに行ったり来たりするのを見ていたくせに、父はしらを切った。お金の問題じゃなかったの。もちろん少ないお金じゃなかったけど、祖父から相続したレンガ工場を高い値段で売却して、父はお金に余裕があったもの。兄だって二時間ほど離れた都会で大学に通いながら何不自由なく暮らしていたし。兄より私の成績がよくて、それが父の気を悪くさせていたのは知ってたけど、そこまで反対するとはね。ソウルにはやっぱり行かせない、浪人して家から通える大学を受け直しなさい、そもそも大学になんて行かなくてもいいじゃないか。私は、焼き上がったメレンゲのように白く固まって、座り込んでいた。泣き叫んでみようかとも思ったけど、そんな元気さえ出なくて。父は一度理不尽なことを言い始めたら絶対ひかないからね。父から一人前の人間として見られていないのはずっと前からわかっていたし、しかたなく兄を電話で呼び出して、やってきた兄は、私の代わりに父と口論してくれた。適当なことを言ってただけなのに、父を説得することができたんだよ。とどめの一言は「ひと様に恥ずかしくないのか」だった。小さい頃兄にしょっちゅう殴られ、いじめられてたけれど、これでトントンだと思った。

家を出る日、正月にも秋夕にも絶対に帰らないと心に決めた。それでもときどき帰省はしてたけど、そのたびに気持ちが和らぐどころか、ここは私の居場所じゃないっていう確信ばかりが強まってね。十八歳頃から、果てしない親不孝が始まったわけ。大学に入ってすぐにあんたと知り合って、一緒に住むことになって、完璧な相棒までできたんだもんね。あのときの目標はたった二つだった。一つ目はソウルの絶品スイーツをすべて一回ずつ食べてみること。季節ごと咲いては散る花のように消えていく店をすかさず訪れて、定番メニューと裏メニューの味を覚えておこうとした。もう一つは、父があれほどバカにしていた他所の地域からソウルに来た、パッケージも違えば中身も違う男たちととことん付き合ってみること。付き合ってみて味見してみること。そうやって私はご当地男子コレクターになり、あんたはたまたま童貞とばかり付き合って、チェリーコレクターになったんだよね。最高のコンビだったと思う。

いちばん好きだった男は島出身だったね。グンちゃんはアワビの養殖場で有名な島育ちで、その島でもいちばん大きな養殖場を持っている家の息子だったのに、最初は全然知らなくて。勤労奨学生だった私は図書館の入り口で寒さに震え、小論文指導のバイトをしてたあんたは教え子たちが八百字詰めの長い原稿用紙を埋めているあいだうとうとしたりしていた。そんな大学二年生の時だった。

彼とは学期の始まりに知り合った。まだ慣れない時間割を勘違いして授業に遅れ、急いで横断歩道を渡っていたら、たまたまマンホールの穴にキトゥンヒールがぴったりはまっちゃって。バランスを崩して妙な姿勢で慌てていると、後ろからやってきたグンがヒールをさっと引き抜いてくれたんだよね。立ち止まることもなく素早い手つきでヒールをさっと抜いてくれた。それから後ろを振り返ることもなく立ち去っていったんだよ。動きに無駄がなくて、五メートル先から私に降りかかった災難に気付いてたのかなと思った。目を合わせてドヤ顔でも見せていたら惹かれることもなかったろうに、グンちゃんは一度も振り返らずに去っていった。お礼も聞かずにね。そこがよかった。恩着せがましさの「お」の字も知らないような、広くてクールな肩が。生え際がはっきりとしている彼のうなじが。歩幅が大きくて、グンちゃんが手に持った本のタイトルだけかろうじてわかった。学校の図書館のハンコが見えたから急いで確認したの。もう少しカッコいい本だったらよかったのに、当時流行っていた軽い自己啓発本だった。でもまあ、おかげで貸出状況を調べられたんだけどね。四人がその本を借りていて、そのうち男の名前はグンちゃんだけだった。名前と学科と学籍番号がすぐに手に入って、その学科の知り合いからグンちゃんの時間割を聞き出して、同じ講義を受けて、ちょっとずつ彼を囲い込んでいったんだよね。その学期をまるまるつぎ込んだ作戦だった。

熊《ウン》とか龍《ヨン》とか根《グン》とかのように、雄のにおいがぷんぷんする名前は好きじゃないと文句を言いながらも、あんたは一緒に罠をかけてくれたよね。いつもグンちゃんの近くに席を取り、私に代わってグループ課題を一緒にやらないかとそっけなく声をかけてくれた。彼は私たちが仲良くなったのは偶然だと信じているだろうね。発表を一緒にやって、同じ年だから仲良くなったと。

すたすたと歩いていく後ろ姿と同じぐらい前から見た感じもよかったし、その顔から訛りまくった言葉が出てくるところも好きだった。私の訛りはもうとっくに不自然に聞こえていたけど、グンちゃんはなかなか訛りが直らなくてね。その後の進路を考えると、グンちゃんこそ早く訛りを矯正しておいたほうがよかったのにね。不思議と彼のやることはなんでも自然に思えた。あんたはグンちゃんが怖いもの知らずで性格にゆがみがないと、周りから愛情を注がれ、心配事もなく育ったからだろうと言ってたね。私みたいなこじらせ女子は、これぐらい単純な男子と付き合ったほうがいいとも言ってた。こじらせ女子なんて言われてムッとしたけれど、間違っている話でもないと思った記憶がある。

ヒョジンってちっとも理解してないじゃーん。先生の話、ほんとに聞いてーんの？　心配だなーあ。グンちゃんのしゃべり方も好きだったけど、そのしゃべり方をそっくり真似できるあんたのおかげで、私たちはよく笑ってたよね。休みの間、こっそり借り出した父の車を雨でスリップさせたグンちゃんが、ソウルにいる私に電話をかけて、どーしたらいいんだろーう、どーしたらいいんだろーう、と歌うみたいにのろのろとしゃべるもんだから、思わず吹いちゃったよ。グンちゃんといると、なんであんなに楽しかったんだろうね。お金があったからかな。グンちゃんの財布には、半分に折ることができないほどの紙幣が入ってたもんね。財布はいつもパンパンだった。五万ウォン札がまだなかったときだからっていうのもあるけど、びっくりするぐらいパンパンだった。アワビは高いからね。貝のなかでも高級なものだからね。お金があるからって、誰もが周りにおごりたがるわけじゃないけれど、グンちゃんは本当に気前よくお金を使ってた。アワビの内側、虹色の光沢を持った真珠層のような輝きが彼にはあった。お金がまるで貝殻か何かみたいに、お金を出すことに迷いがなくて。貧乏な私たちに毎日ごちそうしながらも、お返しを求めたりおごり高ぶったりしなかった。私たちが食べて去ったところに貝殻の山でもできるんじゃないかと思ったよね。コクゾウムシがわいた古米ばかり食べていたのに、グンちゃんと付き合ってからはお腹いっぱい食べられた。

グンちゃんが部屋の前にやってきた冬のある日を思い出す。私が何に怒って先に帰ったのかは覚えてないけど、グンちゃんが来るはずだっていうことはわかってた。ドアを開けなかったからその日はいったん帰ったけど、次の日にはタクシーで来て車から降りなかった。寒くて外にいられないから、タクシーに乗ったまま待ってたわけ。お坊ちゃんの考えることってすごいよね。しかたなくドアを開けた。あんたのいない週末だったの。

グンちゃんと付き合ってからお菓子を焼き始めた。頭のなかにはソウルのスイーツ地図がおおかた出来上がっていたし、自分でお菓子を焼いてみたいなと思ってね。黄鶴洞《ファンハクトン》に行って外国人ファミリーが使っていたらしい、私よりも年式の古そうな小さな電気オーブンを手に入れたの。天板が小さすぎて、ひと箱分のクッキーを作ろうとしたら、五回ぐらい焼かなきゃいけなかった。トースターよりちょっとだけ大きいオーブンだったからね。それに電圧が合わなくて変圧器を使わなきゃいけなかったし、それほどおいしく焼けるわけでもなかったけど、それでも夢中になっていた。グンちゃんとの記念日の前日には、ソウル市内の駅をあちこち回りながらコインロッカーにお菓子とプレゼントを隠しておいたの。次の日、手をつないで宝探しができるように。大学路《テハンノ》から乙支路《ウルチロ》へ、乙支路から新村《シンチョン》へ、新村から汝矣島《ヨイド》へ、汝矣島から鷺梁津《ノリャンジン》へ、鷺梁津から江南《カンナム》へ、江南から蚕室《チャムシル》へと回った。今作っているクッキーとは比べものにならないけど、それでもグンちゃんはおいしそうに食べてくれた。他の人にはあげないで一人で全部食べると言ってくれて、その言葉が本当に嬉しかったの。

グンちゃんにあげようと作って失敗したものを、あんたは包みに入れて自分の彼氏にあげてたでしょ？　自分で作ったと嘘をついて。よくも信じてもらえたと思うよ。あんたはお菓子を持っていく代わりに片づけを手伝ってくれた。本当は一人でもできたけど、いつも二人でやっていたね。

　グンちゃんは兵役についたあと除隊するとオーストラリアに行ったんだよね。一緒に行こうと言われたけど、それは無理だった。大学にさえかろうじて入ったのに、留学だなんてね。お金のことは気にしなくていいと彼に言われたけど、いくら何でもそこまでは頼れないもん。ゴールドコーストに行ったんだって。グンちゃんらしく、明るい地名のところを選んで行ったなと思った。サーフィンを習ってる、キャンプに行くんだ、オーストラリアの有名俳優を見かけた、ジェットコースターに乗った。そんな連絡が彼からあった。インターネット電話は声が一歩遅れて届くのが煩わしくて。オーストラリアにも一回は行ってみようと思ったのに、結局は行かなかった。グンちゃんが帰ってきたときは、私はもう会社員で、グンちゃんが就活中には、会社員をやめて大学院に通ったり休学したりしていた。院生のときは、あんたとも別々に住んでいたね。部屋の大きさは半分になり、オーブンは壊れ、いつの間にかグンちゃんと私も別れてお互いに別の人と付き合っていた。マンホールの穴からヒールを抜いてもらう程度のちょっとしたハプニングは日常茶飯事だし、グンちゃんはあまりしつこいタイプではなくて。怖いもの知らずで性格にゆがみのない人間が、しつこくなるはずなんてないでしょ？

　別れてからもグンちゃんと私はしょっちゅう会ってたの。季節の変わり目、恋人の変わり目にね。あんたも覚えているはずのあの日には、次の日がグンちゃんの面接だって言ってあんたの家に押しかけて行ったこともあるもんね。グンちゃんの眉がボサボサだからきれいにカットしてほしいと。私は眉が薄すぎて描くことはあってもカットすることはないから、眉毛カッターの使い方がわからなくてね。突然の訪問に笑ったり怒ったりしながらもあんたは丁寧にお手入れをしてくれた。形をちょっと整えただけで、目元がかなりすっきりしたよね。

結局そのときの面接には落ちて、就職まであと二年かかった。グンちゃんがおでこ脱毛をしてからだから。私はあの狭そうなおでこも好きだったけれど、普通に広いおでこになってようやく、グンちゃんはアナウンサーになれた。「あとでハゲになったら後悔しそう」と彼が電話であんまりにもきれいな標準語で言うものだから、本当にびっくりしたの。学生時代にあれほど頑張っても直らなかった訛りがようやく抜けたというのに、それがなぜか嫌だった。

いちばん好きだった人がテレビに出てくるからという理由で韓国に戻らないわけじゃない。私はいろんなことから逃げ出した。

韓国を離れる前に修士論文を書いた。ようやく出来上がった論文に、あんたは懸命に目を通して「ウケる」と言っていたね。「ウケたらダメでしょ」と咎《とが》めたけど、同じ専攻でもないのに最後まで読んでくれて嬉しかったよ。そうか、私はウケる論文を書いたのかと思って。野良犬が出て、昔死んだ人の無残な遺体が出て、疫病を自分のために利用する政治家が出て。そういう、記録から抜け落ちていることに関する論文だった。幸いにも同じ専攻の研究者にはウケるだけではなかったらしく、何度か学会で発表もできた。

だけどその頃、研究室の雰囲気が悪かったというかなんというか。大学院という場所って不安定な人が入ることもあるの。専攻と関係なく、各研究科に必ず一人はいるんだよ。病院に行かなきゃいけないのに大学院に来ちゃったってケース。うちの研究科にもそういう人が一人入ってね。ちょっと浮つきすぎている感じの女の子で、自分の限度を超えてお酒を飲んでるなっていうのが第一印象だった。それから一年も経たないうちに、教授と助手の仲が、先輩と後輩と同期の仲がその子のせいでものすごく複雑な感じに悪くなっちゃって。教授の採用が変わり、奨学金の結果が変わるほどのとんでもないことを仕掛けてたみたい。悪気がなく、ただ自分の不安をあちこちにばらまいていただけだったから、発覚するまでよけいに時間がかかった。不安定な一人の人間が見せられる最も破壊的な行為だったと思う。とにかく私への打撃も大きかった。悪気のない嘘って、それが嘘だっていうのがわかってから不思議な力を発揮したりするんだよね。みんなへとへとになって、立ち

直ろうとする気持ちさえ失っていた。おかげで体重が何キロも減ってしまったけれど、あ
あいうのって実はありふれたことだよね。今もどこかで同じようなことが起きているはず
だよ。

あと、当時付き合っていた彼氏の家にあいさつに行って、その人と別れることになって。タイミングが微妙に重なってたな。韓国で最後に付き合った人だった。グンちゃんほど好きではなかったけど、いい人だと思った。大きい会社に勤めていて、いつも忙しそうで疲れた顔をしていたけど、誠実でやさしかったから特に問題はないだろうと思っていたの。父親を早くに亡くし母親だけだったけど、一度会いたいと言われて緊張しながら彼の家を訪ねていった。行ってみると、私が予想していたのと家の風景がちょっと違って。台もなく床に置いてあるテレビ、その前に敷きっぱなしになっている布団。布団はミノムシの抜け殻状態になっていた。たたんでさえあったら、彼との関係は変わっていたんだろうかと思ってみたこともあるけど、たぶん違うだろうね。その人の母親は、ショックを和らげてくれるようなあいさつもなしに、突然お金の話を切りだした。本人がもらわなきゃいけないというお小遣いの金額と私たちが用意しなきゃいけないという家についての話だったけれど、ツイード素材のセットアップが体を締め付けてくるし、姿勢を直すたびに椅子が音を出すしで気持ちが落ち着かなくて。ふだんから暖房をあまりつけないらしく、ストッキ

ングしか履いていない足の指がかじかんで痛いほどだった。私に会ってみたかったというより、息子の貯金は自分のものだと釘を刺しておきたくて戦々兢々としていたみたい。いいところに勤めている息子が、どうしてあなたみたいな大学院生と付き合っているのか正直わからないとズバリ言われたし。困るような話をずっと聞かされているのに、彼は気にもしないでスマホでゲームばかりしていた。ピュンピュンって効果音も消さずにね。家に帰って一人になったとたん、「逃げなきゃ」という言葉がとっさに口から出たの。

すぐにでも反対に向かって逃げ出したい気持ちをぐっと抑えて、ゆっくりと時間をかけて別れたつもりだったんだけど、それでも彼には突然のことみたいに思えたらしい。あれほど大人しかった男が、ネットに私の名前と顔写真をさらして、ウチが貧乏だからといって女手ひとつで育ててくれた母のことまで馬鹿にして逃げ出した女だと書き込んだの。貧乏なのは私だって一緒だし、私が逃げたのは貧しさからというより、もっと暗くてどろどろする何かからだったけど、すでに私のことは、「〇〇女」というレッテルで片付けられていた。夜中になると私に電話をかけて戻ってきてほしいと泣き崩れていたくせに、毎日新しい書き込みをアップして。そこに綴られた呪いの言葉と電話で泣き崩れながら訴える言葉にギャップがありすぎてよけいに怖かったんだよね。自分の名前がありふれた名前なのが不幸中の幸いだったと思う。すぐに電話番号を変え、引っ越した。学校にまでやってきたらどうしようとびくびくしていたし、キャンパス内で似たような人とすれ違うたびに心臓が止まりそうだった。当時は警察が今よりも頼りにならなかったし……。そういえば、当時ごはんを食べるとよく戻しちゃってたんだけど、ちょっと危なかったのかも。急激に痩せた芸能人をテレビで見ると、エラが張ってることがあるんだよ。私も当時はエラが張ってたんだけど、あれって吐き癖のある人の特徴だと思う。だからそういう芸能人を見るとちょっと心配になるの。

あんたは彼を一目見て、頑張ってしゃべっているのに全然おもしろくないし、どこかに劣等感を抱いていそうだって嫌がってたよね……。今まで見た私の彼氏のなかで最悪って言ってたのに、どうしてその言葉を聞き流してしまったんだろう。とにかくあのときの話はどん底過ぎてあんたにもちゃんと話せなかった。

何もかもに嫌気がさしてね。そんなときに学会で知り合った日本の大学教授から客員研究員として日本に来ないかって声がかかったの。少しも迷うことなく「行きます」とその日のうちに返事した。そんなに効率よく動けるタイプじゃないのに、よくもあそこまできぱきと準備をしたと思う。でもそう簡単に行けるわけないよね。

出国まで一週間というときに、父から電話がかかってきた。おじいちゃんとおばあちゃんが二人とも病気になって、看病していた母が真っ先にダメになりそうだった。最後に実家に帰ったとき、最近は施設に預けることもできるし、補助金ももらえると、このままだと母ががんにでもなりそうだと父に嚙みついたら平手打ちを食らって。それ以来帰らなかったけど、母が本当にがんになっちゃったんだって。幸い早期発見だったし、完治しやすい場所でもあると言われてホッとした。問題はその次の言葉だったの。実家に戻って家のことをやれっていうわけ。どうせお金も稼いでないし、身の丈に合わない勉強なんかやめて家事を手伝いながら看病でもしろってね。そうするのが当然だというふうに堂々としゃべる父の声に背筋が凍るようだったし、何もかも手放して実家に戻るほど母のことが好きじゃないということにも気付いた。同じく家を出ている兄の心配ばかりして、私のことは恨んでばかりいた母なんだから、当然と言えば当然だよね。来月戻ります、と言って翌週に飛行機に乗った。二時間後に羽田空港に降りて、預けた荷物を待ちながら安堵したことに、私は良心の呵責を感じるべきだったかな。もっと遠くに行ってたらもっと大きく安堵できたかな。

客員研究員といっても、熱心に研究をしたわけじゃない。論文というのはもう私のなかにないかもしれないと思った。私はソウルにいたときと同じく、今度は東京のスイーツ地図を作り始めたの。私一人でね。ケーキの写真を撮ってあんたに送ると、糖尿のことを心配してたでしょ？　大丈夫。一カ所で一度しか食べないから。地図がだいたいできてからはあんまり食べてもないし。ソウルのときより六キロも太ったけれど、まだ標準体重にもなってないし。体のどこかが穴だらけになっていて、食べたものがどんどん抜け出てしまうみたい。

留学生の集まりで製菓学校の話を聞いたとき、最初はまったく興味が湧かなかったの。でも、何度も思い出しちゃうのよ。私は、逃げて、逃げて、また逃げてしまう人間だけど、甘いものだけはずっと好きだったんじゃないかと思って。生まれたところからも、属していたどんな集団からも、まともな人間関係からも逃げてきた。自分の居場所に留まりながら闘う人だっていることはわかってる。赤の他人よりも頼りにならない家族とどうにかやっていこうと努力し、やると決めたことは何がなんでもやり遂げ、地獄のような会社の環境を改善し、性格の合わない恋人と何度もケンカすることで安定した関係にこぎつけていく。私はそういう人たちが好きなの。私もそんなふうに暮らしていきたかった。でも結局はそうすることができずに、私は何度も何度も逃げてしまった。危ないと思う瞬間がくると、そのまま くるっと回って振り返ろうともせずに逃げた。実は、危ない瞬間が来る前に逃げていることにも気づかずに。

日本に呼んでくれた先生には申し訳なかったし、書類の問題で何度か韓国に戻らなきゃいけなかったけれど、結局製菓学校に入学した。私がクラスでいちばん年を取っていて、だからわからないけど、日中韓を問わずクラスメートたちに人生相談を持ちかけられて、笑顔で断ったの。逃げ続けてきた人間が相談なんか受けられるわけないって思ってたから。でも、タルトの店でアルバイトを始めて、目をつぶってでもベリータルトを作れるようになってから少しずつ変わった。

もしかしたら私の特技って、逃げる能力なんじゃないかな。誰だって持って生まれた能力っていうのがあるでしょう？　私の場合、それが逃走能力なんじゃないかと。逃げるのがすごくうまい人間ね。状況がひどくなりすぎる前に、ケガする前に、ぼろぼろになる前に逃げられる人。タイミングとスピードを見計らって逃げられる人。同じタルトを三百個ぐらい作ったとき、自分に少しだけやさしくなれた気がした。ベリータルトの究極の完成形を心のなかに思い描くことができるようになったときにね。担当が変わって違う味のタルトを作ることになったら、この平常心まで壊れてしまうのかな。ちょっと気になるね。

そして五百個、千個を作ったときには、人生で最初に逃げようと思ったのがいつだったか思い出したの。小学校二年生のときだった。田舎の学校だったから、先生と生徒の距離っていうのがとても近かったんだけど、唯一そんな雰囲気になじめない人がいて。お面のような顔をして歩いている男の先生だった。ある日、その先生から頼みごとをされてね。理科室からアルコールランプを取ってくるようにと言われた。私は先生のクラスでもなかったし、ホームルームも終わったあとだったけれど、一応アルコールランプを取りにいってきたの。それを先生に渡すと、教室には私と先生しかいなかったんだけど、先生が芯を抜いて容器に入ったアルコールを飲み始めた。私の目をじっと見つめながら無言でね。私は幼かったし、戸惑ったけれど、それを見てはいけないっていうのはわかったんだよ。慌ててあいさつをして家に帰り、昼過ぎまでぼうっとしていたことを覚えている。それからしばらくの間、その先生を避けて学校に通ったの。学年が上がり、先生が他の学校に転勤してからようやく忘れることができたけれど、高校でメタノールについての授業を聞いていてまたふと思い出した。アルコールランプに入っていたのは、メタノールじゃなくてエタノールだったんだと。じゃなかったら、目がくらんで、死んでしまっただろう。もう少し年を取ってからは、理科室担当の先生から、おそらく何か聞いていたんだろうと思った。

自分で取りにいくこともできただろうに。私が帰るのを待ってから飲んでもよかっただろうに。でも、先生はそうしなかった。傷を負わせたかったんだと思う。人生とはとてつもなく不幸なものなんだと、八歳の子どもの頭に刻み付けたかったんだと思う。残酷で、変な大人だった。体を触られたわけじゃないけれど、同じぐらいひどいことをされたんだと思うよ。目には見えない傷跡を残されてしまった。私はそのときから逃げるようになったんだと思う。予告されている不幸から逃げた。逃げ続けなければアルコールランプよりひどいものを飲むことになるかもしれないと、知らず知らずのうちに自分にそんな暗示をかけちゃうんだよ。

どこに行ったって、見える部分だけが甘いんだろうと思う。レインボーカラーのキルトで飾られた店だって、奥のキッチンはステンレスだらけだもん。無骨な作りの業務用冷蔵庫のドアでおでこに傷を負わせる先輩は、ハワイにも、ヘルシンキにも、世のなかでいちばん親切な人たちの住む街にもいるはずだよ。それでも休みが必要だった。タルト生地を休ませるみたいにね。人間にもそういう時間が必要なんじゃないかな。あ、生地をなんで休ませるかって？　生地ってよく冷まさないと穴が開いちゃうの。仕事を始めた頃に、何個も穴を開けちゃった。手順ごとに十五分ずつ冷蔵庫で冷やさないと生地が伸びちゃって百パーセント穴が開いちゃう。いい感じに冷えた場所へ逃げ込んで一息つくこと。そこから得られるものって絶対にあるんだよ。

彼氏？　どうだろう、彼氏……彼からは当分逃げないかも。彼の写真を見てグンちゃんに似てるって言ってたでしょう？　グンちゃんが私にそっくりな女性と結婚したとも言ってたよね。二人して何してんのよってあんたは怒ってたけど、それは二人の好みが一貫しているだけの話。今の彼氏が好きなの。すごく好き。彼は料理がうまくて、私の帰り時間に合わせて中華料理を六品も作っておいてくれるときがある。火が大事だと、部屋を探すときはガスレンジが四口あるかどうかをしつこいぐらい確かめてた。IHじゃ絶対嫌って言うのよ。歯がゆくて料理なんかできるわけないって。いつか私が作ったジャージャー麺ソースかけごはんを犬の餌みたいだと言われて、大ゲンカになったけれど、それから彼が料理を担当することになったし。あ、だから私、六キロ太ったのかな。とにかく火と料理に執着しすぎるところ以外は、特に問題ないから。嫉妬もしないし。ときどき韓国の親しい男の先輩たちから電話がかかってくるんだけど、私が「先輩《オッパ》！」と電話に出ると、彼がゲラゲラ笑うの。オッパが「おっぱい」に聞こえるらしい。ゲラゲラ笑いながら、きみって自分にないもんをそんなにうれしそうに言うんだねって。きっと私は中国語の悪口から覚えることになるだろうけど、一緒に逃げるにはちょうどいいパートナーだと思う。荷造りをさせたら、中華料理用の包丁だけがカバンに入っていると思う。その包丁でニンジンを切って花のかざりまで作ってたよ。すごいよね。

久しぶりの長電話だったね。私も結構な寄り道をしてきたけど、あんたもさ、何？ 小説？ まあ、一緒に住むときも早朝からキーボードをカチャカチャ言わせてたからね。爪で叩くからあんな音がするんだよ。キーボードがもつわけがない。うるさかったかって？ 今だから言うけど、超うるさかった。爪じゃなくて指で叩いてみて。小説が書けたら、うーん、別に見せなくてもいいよ。そういうのが気にならない程度には、私も図太くなったみたい。ネットに顔写真が出回ってるっていうのに、小説なんてね。

　それよりベリータルトを自分で作るって……。私が送ったほうが早くない？　クーラーボックスに入れて飛行機で送るよ。どうしても自分で作りたいなら、イチゴの種をしっかり取り除いて。種があるときれいなタルトにならないの。赤いイチゴをベースに、ブラックベリー、ブルーベリー、ラズベリー、フランボワーズを入れる。フランボワーズはラズベリーで作った蒸留酒だよ。生地には塩一つまみを忘れないでね。フィリングはクリームチーズとアーモンドクリームとカスタードクリームとで選んで。膨らまないようにカリッとタルト生地を焼いて、フィリングを入れたあとイチゴを載せてもう一回焼くの。レシピはある？　どこのレシピ？　自己流じゃないよね？

　やっぱ不安だからビデオ通話にしてみて。そうそう、カメラの角度いいね。これで私が見てあげるから。そう、顔色がよくなったでしょ？　ほら、私も東京で元気にやってるってば。

# ご存じのように、ウニョル

この話は、結局どうなる？　バスがトンネルにさしかかったとき、私は口のなかでそんなことをつぶやいていたが、トンネルを抜け出す頃になってようやく気付いた。

これはダメだ。

「話」と言ってしまった時点でもうおしまいなのだ、この論文は。

ダメな論文の始まりが大概そうであるように、私も自分にしか聞こえてこない歴史のささやきを聞いたのだと思った。これだ、と信じて疑わなかった。この人物たちを歴史の表舞台に立たせるために、バカ高い学費と奴隷のような助手時代に耐えたのだと信じて、飛び石のようにどんどん現れる史料を信じて、絡まった五色の糸のような運命を信じた。とにかく研究者としては信じるべきではないものまで、何もかもを信じていた。周りから心配されていた気もするけれど、それが耳に入ってくるはずなんてなかった。

最初の小さなスパークが起こったのは、関係史シンポジウムの準備で仮倭《カウェ》についての資料を調べていて見つけた文章の一節からだった。仮倭とは、高麗時代の末期から朝鮮時代にかけて収奪にあえいだあげくに、日本からきた海賊のふりをし、略奪と放火を行っていた人たちのことだが、残っている史料を探すのはそうそう容易なことではなかった。と思っていた矢先だった。その一節が見かったのは。

哀れなる民、山、海、谷に集い、自らが倭敵と人を欺きたり。嗚呼《ああ》、嘆かわしい。一方、隠熱《ウニョル》とその旗下の無頼漢らは、真なる倭人を呼び込み、西側の島を侵食せり。その威勢は恐ろしいほどなり。

『清刀文集』

清川江《チョンチョンガン》の河口に位置する博川《パクチョン》出身の武将、清刀イ・ビョンヨンが書いた文集の一部で、他のことを調べようと思い頁をパラパラめくっていたときのことだった。隠熱がどんな人物なのか、当時は知らなかった。ただ前近代の時代に、国境を越えて多国籍の集団を形成したという無頼漢たちに興味が湧いたのだ。しかしそれは、言ってみれば最初のアジアン、早い時期に形成されたコスモポリタンへの軽い驚きに過ぎなかった。その小さな驚きから長いながい道のりが始まり、二度の夏と一度の冬が過ぎていった。すべての趣味を、バンドの練習までパタッとやめてしまった。ゴヌ先輩が何度も電話をよこしてきたり押しかけてきたり怒鳴り散らしたりしていたが、自分でもどうしようもないことだった。隠熱、オーマイ隠熱。とうの昔に亡くなった者への親しみは、異常なほどまでに密度を上げ、頭のなかで音楽さえ再生されない時期があった。

隠熱は孤児だった。ただの孤児ではない。洪景来《ホンギョンネ》の乱（一八一一年、没落官人洪景来が不平官僚と結び窮民を指導して挙兵。朝鮮王朝後期の代表的な民衆反乱）を生き残った孤児で、孤児の群れを率いる孤児だった。私はときどき、洪景来の肩に乗っている幼い隠熱のことを思う。もちろん絶対あり得ないことだし、決して歴史に即した想像でもないけれど、想像のなかのシルエットはどんどんはっきりと浮かび上がってくる。これじゃ、妄想と変わらないじゃないか。当時としてはリベラルでセンセーショナルだったはずの価値観を、静かに吸収していく少女の姿が頭から離れなかった。そうだ、少女なのだ。いろいろな状況から考えるに、隠熱は女性だったと思う。洪景来の乱が終わると、これに加担した二千九百八十三人のうち、女と子どもを除いた千九百十七人が一挙に処刑される。そのときの隠熱は、女だったのだろうか、子どもだったのだろうか。生没年不詳なので、女と子どものあいだぐらいだろうと思うことにした。孤児たちにとっては頼るべきお姉さんで、寡婦たちにとっては頼るべき長女。隠熱が島を拠点にしていたのは、洪景来が島からふたたび蜂起するだろうと信じてやまなかった民衆たちの願いとなんらかの関係があるのではないか。

隠熱について書きたいのはやまやまだが、この論文は一発で落とされてしまうはずだ。今は指導教授がサバティカル中だからこんなことをしていられただけ。修士三年目なのに、結論はここ一カ月でまだ一行も書けていない。結局はあきらめることになるかもしれないとも思う。私より彼らのことを知る人間はいないと思うし、そのために私が寂しくなり、彼らがもっと寂しくなるのだけれど、この話はどこにも向かおうとしないのだ。ここ何日間は、奈落に落ちるような気持ちで、毎晩デジタルピアノの鍵盤をいじってばかりいた。デジタルの不自然な残音がとても好きだった。

隠熱の名前が初めて史料に出てくるのは、彼らが元山《ウォンサン》を拠点に活動を始めた頃の記録で、黄海道《ファンヘド》から拠点を元山に移したのは、元山が港町だからでも、伝統的に自由な風土だったからでもあるだろう。

---

近頃、西京の紀綱は乱れ、情勢は浦より危うし。元山では、不逞《ふてい》の輩《やから》、幼い盗賊どもの親分たる隠熱を侮辱し、その子分らによりて刑に処されり。その子分どもも、「女、子どもを虐げし者は如何《いか》なる身分といえど赦《ゆる》さじ」と宣言すれば、こ

---

れ官衙《かんが》の御触れよりしるしあり。紀綱が乱るれば、盗賊ごときが道義を語るまでになるべし。

西京の儒生 キ・ヨンフンの訴から

元山を拠点にしていた彼らが海上活動を始めたことについては、日本の史料でわかった。特に対馬の島主家だった宗《そう》家から朝鮮の朝廷に送った書簡が目を引いた。隠熱たちに加勢した四男、宗四郎の居場所を問う朝鮮の朝廷からの追及に、宗家は「我が家の四男、四郎は秋に馬から落ちて死んだ。すでに葬儀も終わり骨粉しか残っていないが、それでもよければ証拠としてお送りしよう。近年、朝鮮の官税米を略奪している海上盗賊らと対馬とは一切の関係もなく、四郎に似た者がいるという噂を耳にしたことはあるが、全くの偶然であろう。両者間で誤解が生じてしまったことは大変遺憾に思う」という旨をていねいに綴っている。

確かに宗四郎の葬儀はすでに済んでいたが、対馬側の史料にも矛盾はある。四郎が宗家の祠堂に納骨されたのは、それから二十三年が経ってからで、その年は偶然にも四郎と隠熱が一緒に死んだとされる年でもある。しかも死者になったはずの四郎の文章が、ずいぶん後の日付で堂々と宗家の文集に載っているのを見ると、別に隠すつもりもなかったように思われる。前近代の日韓関係において常に大胆な独自路線を見せていた対馬のことだし、そんなに驚くことではないかもしれない。何より、当時の隠熱とその勢力の行動半径を考えると、対馬から飲み水と食料を調達してもらわずには活動を続けられなかったはずだ。

宗家の四郎は一体なぜ海賊になったのだろう。四郎が隠熱に加勢したことは揺るぎのない事実だ。しかし、その理由について残された史料はない。当時、日本と朝鮮の関係は悪化の一途をたどっていたわけだし、対馬も独自性を失い始めていた。だとしても、極端すぎる選択ではないか。ひょっとして四男だったから？　昔話にはいつも三男までしか登場しない。どこにも記録されない四男の思い付きだったかもしれない。自分だけの物語を作りたかったのだろうか。

または隠熱に、ある種のビジョンを見出したとしたら？

ビジョン、あるいはくるぶし。

四郎を追いかけるあいだ、どうしてか帆柱の上に登っている隠熱、月の光、くるぶしのイメージが何度も何度も頭に浮かぶ。イメージは次第に強まり、海岸に吹き渡る風のにおいをかいだ気がする。塩気を含んだ髪の毛のあいだから隠熱の目が見えそうで見えず、四郎に同行を呼びかける声もまたかすかにしか聞こえてこない。襟はまるで生き物のように何度も色を変えてくる。空は夜だったり夜明けだったり真昼だったり。ただひとつ、くるぶしだけが生々しく目に浮かぶ。瘦せて骨ばった足だが、どことなく繊細な印象を受ける。そしてくるぶし、形容できないほど痛々しくて美しいくるぶし……それからついに絶望を感じる。大学院生にもなって覚えたことがフェティッシュだなんて。そんな自分に嫌気がさしてしまう。学者としての才能は、これっぽちもないみたい。

四郎が何を目の当たりにしていたかを知ることはできない。とにかく四郎と一緒に対馬の正式な訓練を受けた兵士が加わったことで、隠熱と仲間たちは新しい局面を迎えることになる。第一、内陸の租税運搬路を襲うことには加担しなくなった。海上運送路でのいくつかの事件には、責任があるようにも思えるが、表向きには船舶を保護する事業に参入したのだ。いわば警備会社のようなもので、手数料をもらって民間の船を保護するのが隠熱たちの仕事だった。のちには官衙からの依頼も受けることになる。

しかし、隠熱たちを海上武装勢力だと断定するにはまだ早い。特に趙滄梁《チョチャンニャン》と彼の率いる旅芸人たちが合流することによって、その性格は複雑に変容していくのだ。滄梁と隠熱が出会ったのは現在の江蘇省南京で、そのときの様子を生々しく伝える記録が南京博物館に残っている。滄梁の一代記が描かれた十一扇屛風の一枚に、二人の出会いの様子が描かれているのだ。この絵と詩の内容を総合してみると、このような話になる。

多くの女人が滄梁を愛しむ。滄梁通らば、蜜柑《みかん》など投げられし。その量たるや、中央街を通るのみにて手車あふれんばかりなり。天狗となりし滄梁、唱劇を終えるごとに異なる女人を抱きけり。かような彼の行いを恨みし声も有れど、愛情、恨み勝《まさ》れり。ある日、隠熱なる者、海から訪ねけり。背丈は六尺、滄梁より容姿端麗なりて幾多の蜜柑投げられし。噂を聞きける滄梁、好奇心と憤り抑えられず、舞台が終わるや否や化粧さえ落とさず隠熱のもとへ駆ける。その日より、滄梁、自らの敗北を認め、幾年も女人を近付けんとせず。

思慕の念を抱く公子にみかんのような小さな果実を投げるのは、中国・江南のロマンチックな伝統である。みかんが身体に当たって「痛いっ！」と声をあげる姿を妄想もしてみたけれど、まさか全力で剛速球を投げ込むようなことはなかったはずだ。とにかくここで注目すべきは、隠熱が男性として描かれているところだ。思うに隠熱が群れのリーダーを意味する肩書である可能性もゼロとは言えない。だがやはりそれよりは、隠熱が便宜上男装をしていたと考えるほうが妥当であろう。つまり、滄梁が「幾年も女人を近付けんとせず」という記述はロマンチックなウソになる。

人々を魅了する自虐的な行動により、しばしば南京を紊乱《びんらん》に落とし込んだ滄梁は、隠熱に出会ってから活動の舞台を広げると同時に、芸人としての頂点を迎えることになる。今風に言えば、前代未聞のネタで海外ツアーを大成功に終わらせたということになるのだが、スキャンダルも起こさず東アジア人たちの涙を誘っていたこの時期の滄梁は、屏風のなかでまるで仙人のように描写されている。そのまま人生が終わっていればよかったものの、歴代の人気旅芸人の記録をまとめた『狼郎記』によると、滄梁は隠熱と四郎が死んだ三年後の秋に故郷へ戻り、裕福な塩商人の一人娘を誘惑しようとして殺されてしまう。それが好色癖によるものだったのか、自虐癖によるものだったのかは、今では知るすべがない。

だけどそんなことが知りたいのは、私一人だけかもしれない。誰一人興味を持つこともなければ、どうでもいいと思っている過去のことだ。お墓のなかから糸くずのようなものを見つけて、宝物を見つけたんだとはしゃいでいる自分が情けない。しかも、これらの片鱗は、論文より日中韓の合作ドラマの題材にぴったりなんだろうと思う。どうにか論旨を引っ張っていけないかと苦心し、隠熱たちが三国の孤児を吸収していったところを強調することで、革新的な民間社会福祉団体であったと主張してみようと思った。もちろん、たわごとである。どう見たって彼らは無法集団だし、違法行為を犯す際にはいつも違う国の言語を使い、違う国の衣装を着て、三国の関係をしばしばこじらせていた。つまり、模範的なアジア人ではなかったのだ。

更新されないワードファイルを眺めて絶望し、絶望すると真っ先に思い出すゴヌ先輩に電話をかけた。

「ジョンヒョ、おまえのいない一年半の間、マジでいろんなことがあったんだよ」

バンドは、正確にはもうバンドではなくなっていた。ゴヌ先輩をのぞいた他のメンバーたちは、しっかり就職したり、しっかりできずにできちゃった婚したり、ぎりぎりまで先延ばししていた兵役を果たしにいったりしていた。

「メンバーがいない？　この前、年末ライブがあるって電話くれたじゃない」

「ライブはやるよ。ボーカルはいま相談中で、他のメンバーもじきに見つかるさ」

バンドはゴヌ先輩が真面目に続けてきた唯一の仕事だった。それを仕事、と言えればの話だが。ときどき、ゴヌ先輩って反資本主義の妖精なんじゃないかと思うことがある。ゴヌ先輩みたいなタイプの人間が裕福な家で生まれ、家の財産を少しずつ社会に還元し資本蓄積の高度化を妨げているような振舞いをすることを、何度も目の当たりにしているからだ。手を抜いているわけでもなさそうなのに、なぜか事業を起こすたびにダメになる。ミニゴルフ場、ギター販売店、ヴィンテージスクーターのチューニングショップを経て、直近でつぶれたのはクラフトビールの店だった。何もしないで賃貸収入だけで暮らせばいいのに、いくら失敗してもあきらめずに新しい事業を始めるものだから、少しばかり尊敬さえしてしまう。

バンドだって完全に失敗はしなかっただけで、一度もヒットしたことはない。ひょんなことからヒットが出そうになると、決まって不運に見舞われた。インディーズシーンでの噂をちょっとでも知っていたら、ゴヌ先輩には絶対つかまらないはずだ。一体どんなボーカルが引っかかったのだろうと、蜘蛛の巣をのぞくような気持ちになっていた。

……外国人だった。

国際言語学院の交換留学生だというイケダ・タケル。広島生まれの二十七歳の青年。顔合わせの日、うっかり「あんたの青春はここで終わったね」という同情のまなざしを送り、テーブルの下でゴヌ先輩に足を踏まれてしまった。全身のコーディネートに気を使っていることがわかった。帽子、チェック柄のアイテム、リジッドデニム、チェーンのアクセサリーというセンスからして、ツンツン系男子だろうと思ったけれど、見た目とは裏腹に天然っぽいところがあった。

「ぼくはかんごくじんです、ほんとです」

ふだんはきれいな発音で話せるのに、わざと発音を崩して観客を笑わせようとする。ゴヌ先輩との相性も抜群で、二人はドリーム・シアターの曲を歌おうとはしゃいでいた。

「ドリーム・シアターは聞くだけにして！　なんで自分たちでやろうとするの？　そんなことをするから、いつもメンバーに逃げられるんだよ」

　私がカリカリしていても気にも留めずに、タケルはあと二人の外国人メンバーを連れてきた。ベースは台湾からきたオ・シャワンが担当することになった。みんな太いフレームのメガネなのに彼だけが細めのシルバーフレームだからか、なんとなく台湾青春映画の脇役のように見えた。それから少しして秋の終わりに、オーストラリアからケイジェイがビーチサンダルを履いてやってきたのだが、第一印象の頼りなさと違ってドラムの腕前はなかなかのものだった。ケイジェイはボンダイビーチから来たサーファーであることをいつも全身でアピールしていた。彼の話を聞いていると、飛行機ではなく波に乗ってきたかのように思えるほどだった。

「なんだか俺たち、環太平洋バンドみたいだな」

　嬉しくなったゴヌ先輩は、各国からきた新メンバーにバンドの名前を説明しようと躍起になっていた。それなりに長い歴史を持つこのバンドの名前は、「R.dashifi」と書いて〈ご存じのように《アルダシフィ》〉と読んだ。紹介するたびに「ご存じのようにバンドです」というダジャレを言うための会心の名前だったが、おもしろくもなければ観客になかなかわかってもらえなかった。新メンバーたちでさえかわるがわる首をかしげていた。

意外と韓国語の実力は悪くなかった。いろんなケースがたまると、むしろゴヌ先輩よりマシじゃないかと思えるふしがあった。

ケース1

**ゴヌ先輩**　ワン、お帰り。たまたまお前の話をしてたんだよ。一寸先は闇だな。

**ワン**　噂をすれば影だろ？

ケース2

**ゴヌ先輩**　この曲にしようって言ってんのに、なんで俺の言うことを聞かないんだよ。この与次郎が!!

**タケル**　その曲は発音が難しすぎるからいやだ。あと太郎だな。与太郎！　まあ、次郎のほうがオレは好きだけど。

ケース3

**ゴヌ先輩**　あそこ、キバノロ《コラニ》が飛んでるよ！

**ケイジェイ**　ノーノー。キバノロは鹿みたいなやつ。あれはバードの白鳥《コニ》。ゴヌのばーか。

ゴヌ先輩のちょっと恥ずかしい語学力が、新メンバーたちを急速に成長させたのかもしれない。みんなのおかげで各国の単語を少しずつ覚えることができた。といっても、外国語自体が伸びたわけではなく、その状況にぴったりな、その国の言葉でしか言い表せないような冗談をいくつか言えるようになっただけだけど。

もしかすると隠熱たち、四郎たち、滄梁たちもこうして冗談を言い合っていたのかもしれない。

---

滄梁とその仲間たちが九州から江湖まで移る道すがら、訪ねし村では例のごとく最高の戯言《ぎげん》にて手厚くもてなされる。村にある皿総て持ち出され、彼らの通りし場所、皿の破片で満ちたり。歌えぬ歌、話せぬ言葉もなし。

『九州戯言集』

---

ポロポロと崩れる紙の向こうで、彼らは楽しく暮らしていたように見える。この目で見たわけではないから見たというと語弊があるけれど、楽しそうに見える。当時の日本には

大切な客をもてなす際に一度使ったお皿を割る風習があり、滄梁たちはほぼ使節団と同レベルの扱いを受けていたようだ。この時期にはもっぱら演戯団の性格が強かったのかもしれない。松明《たいまつ》がともされている絹の舞台、夜明けまで続く歌と話……。あまりにも楽しくて一緒に暮らそうと思ったのかもしれない。この旅を最後に、彼らは定住を始めるのだ。漠然と西島と記録されているだけのその場所は、農作のできる本島とあと三つの島からなっていたらしい。梅花島《メファド》や長山島《チャンサンド》や甫吉島《ポギルド》のようでもあり、そのどれでもなく多島海《タドへ》近くの島なのかもしれない。官軍の弾圧が始まるまでの六年と半年ぐらい、彼らはここで暮らしていた。この期間に島の外に出たという記録は、どの国の史料からも見つけることができなかった。ただ対馬宗家の文集に残された四郎の短い言葉から、当時の平和ぶりをうかがうことができる。理想郷に関する短い散文なので詳しい暮らしぶりを知ることはできないが、ざっくりまとめると「輪廻の輪が数えきれないほど回り回って、本来の肉と魂が塵《ちり》ほどにも残らなくなるまで共にしたいと思う人がいるなら、そこが極楽であろう」という内容が綴られていて、当時の生活への満足感がにじみ出ているようだ。幸せだったかと、尋ねてみたくなる。しかも原本を写したフィルムには、四郎の文章の横に細筆で「私もそう思う（我如想之）」と書いてある。その筆跡は隠熱のものではないかと思い、一瞬胸が高鳴った。

〈アルダシフィ〉のメンバーたちといる時間も楽しい。一緒に暮らすこともできると思う。実際、一緒に住んでいるのと変わらないぐらいの時間を一緒に過ごしている。年末ライブが近づいてきたのに、練習そっちのけでほとんど食べたり飲んだりしているうちに夜が終わってしまう。ワンは多国籍電動工具会社に勤めているが、最悪な上司へのストレスを料理で解消していた。タケルは最近シンガポール人の女性に振られて失恋の悲しみにどっぷりつかっている。ケイジェイはドラムを叩いていないときは、よくレインスティックを鳴らしながら歌を歌っていた。リズムぐらい音程も合わせられたらいいけれど、世のなかそんなに甘くない。

ずっと楽しかったのに、一度だけ不快な気持ちになる出来事があった。ある夜、ビールを飲んでいたケイジェイが、いきなり私にキスをしようとしたのだ。なんの脈絡もないキスだったので反射的に体をそらした。

「ヒョニ、これはただのフレンドリーキスだよ」

ケイジェイは言い訳し、私は自分が古い人間でクールにやり過ごせなかったのではないかと少しばかり自分をせめてしまった。オ・シャワンが中華包丁をまな板にどすっと振り下ろし、ケイジェイに怒鳴るまでは。

「バカ言わないで今日はさっさと帰れよ！」

私が言うべきセリフだった。一秒も迷わずに言うべきセリフだったのに、自分のどこかがひどく抑圧されているようだった。怒るべきタイミングにさえ、変に制御措置が働いてしまうんだから。ケイジェイがきまり悪そうな顔でスタジオから出ていき、酔いすぎて空気が読めないタケルが「オレにチューして、オレにチュー」と言いながらケイジェイのあとを追った。ゴヌ先輩は夕方から寝ていて、なんの役にも立たなかった。次の日、ケイジェイが真剣な顔で謝ってきたので、ドラム担当を新しく探す必要はなくなった。公序良俗の基準は人それぞれだし、友達どうしで軽くキスを交わすチームだってどこかにはあるはずだ。私とこのメンバーたちが違うだけ。

朝鮮の朝廷が隠熱の島を攻撃したのも、彼らが「公序良俗に反する集団」だからという名目だった。所帯を区別せず、婚姻もしないで形成された共同体をそのまま放っておくわけにはいかなかったのだ。ちょうど近代的な領土の概念が芽生え始めた頃でもあり、彼らを征伐することはいい見せしめになるはずだった。山賊のときも、海賊のときも征伐しないでいたのに、家族制度、つまり前近代において最も強力な体制からはみ出たとたん、朝廷は彼らを征伐してしまった。自由恋愛が隠熱たちを破滅に導いてしまったんだと思うと笑いしか出てこない。隠熱はこうして虐殺のさなかに生まれ、虐殺のさなかに死んでいった。このあたりになってくると墨のにおいが血のにおいに思えてくるので、私はそっと本を閉じてしまう。

虐殺のあとは、まるで愛の証でもあるかのように子どもたちが居残ったと伝えられている。いつも繰り返される話だ。隠熱の子どももいたのか、隠熱が死ぬまで愛したのは誰だったのか、それを知るすべはない。四郎だったかもしれないし、滄梁だったかもしれない。あるいはまったく別の誰かだったのかもしれない。

ちょうど島にいなかった滄梁も生き残った。彼が四郎の遺骨を対馬の遺族に引き渡している。何年か前に埋蔵されたニセモノではない本物の遺骨が戻され、祠堂に位牌もこのときようやく安置される。隠熱の遺骨については記録がない。おそらく損傷がひどく、収集することすらできなかったのだろう。そう思うと気持ちが落ち込み、親しい女友達に降りかかった災難のように思えて胸が苦しくなる。

子どもたちは本土に連れていかれ、誰かの奴隷になったのだろうと予想している。今度こそ離れ離れになったはずだ。


つぶれてしまったスクーターチューニングショップの二階に設けられた練習室で、なぜか私たちは毎日ニュースを観ている。一日中ケーブルテレビの音楽番組ばかり観ているのだが、ニュースの時間には、チャンネルを変えてニュースを観る。趣味でバンドをやっている貧乏人が、「こう見えても私たちはまともな大人なんだぞ」と言いたいがための、一種の儀式のように。そのとき、ニュースから膠着状態が続く日韓関係、中国と台湾の緊張関係、オーストラリアで起きた人種差別といったデリケートな話題が出ると、それぞれ考え込み、沈黙した。事件から目をそらすための沈黙とはちょっと違う。深く考えるための優しい沈黙に近かった。

最初のうちは議論のようなものをして険悪なムードになることもあったが、ずっと険悪になるには、メンバーのみんなが同じように無知で、無頓着すぎた。四人は議論ごっこをすぐにあきらめ、話をまとめてほしいと私に求めてきた。歴史を専攻していると、こうして荷が重くなる状況に直面することが多々あるのだけれど、歴史を学んだからといってすべての懸案にきちんとした見解を持ち得ているわけではない。そんなことを彼らに理解させることは難しかった。私は適当にその場を言い繕った。

「正直、歴史ってその瞬間を生きた人間のものだと思う。だから前近代史は武器にしちゃいけないし、近現代史についてはもっとしっかり責任を持たなければいけない。民族主義者になれってことじゃない。それぞれ自分のいる国でいい市民になろうということ。そうすればいまとはまた違ってくるだろうから。よそではここまで正直に言うことはできないけどね。こんなこと言ったら、今の子たちはなんで自分から白旗を掲げてしまうのかって非難されるかもしれないし」

黙って私の話を聞いていた四人は、口をそろえて言った。

「誰かに聞かれたら、俺もそう言おう」

バカ、この話のポイントはこんなことを言ったらヤジを飛ばされるってことなのに。とにかく、それからはニュースでデリケートな話題が出ると、感情的になるより、それぞれ静かに自分を恥じるようになった。でも、自分たちの世代が主導権を握ったからといって、すべての問題がより良い方向に向かっていくという確信はない。同い年でもまったく異なる時代を生き得るということを、私は知っているのだ。

「つまりこういうことだろ？　オレらがいつか自分の国に帰ってしまって〈アルダシフィ〉に違うメンバーが入ったとしても、この瞬間だけはオレらのバンドであって、誰のものでもないってこと。他の人間が首を突っ込む余地はないってこと。ヒョちゃんの話ってそういうことだろ？」

ときどき賢くなるタケルのきれいなまとめにホッとして頷いた。ゴヌ先輩は〈アルダシフィ〉はこのメンバーで区切りをつけ、今度からは〈ご存じかもしれないけど《アシルチ・モルゲッチマン》〉とか〈わかるようでわからない《アルトゥッ・マルトゥッ》〉といった名前に変えるつもりだと言ってみんなを安心させた。

私は自分の信じてきたことと真逆なことをしていたのかもしれない。やってはいけない投射をし続けていたのかもしれない。説明できるはずもない彼らの性格を説明しようとし、当事者たちは思ってもいないはずの近代的な考えを勝手に抱かせて、隠熱を女戦士のように思い描き、本当に正義だったかどうか確信できないくせに正義の集団だというイメージを巧妙に被せようとしたのだから。略奪、放火、殺人の痕跡は、誇張されているか捏造されたものだと無視していた……。何よりもぞっとするのは、彼らが三人だけではなく、もっと大規模の集団だったことをしょっちゅう忘れてしまうこと。英雄にだけスポットライトが当てられる時代遅れの記述に、常々反感を抱いてきたというのに。英雄でもなく、乱暴だった、いまはもう死んでいる、見知らぬ彼らについて。

余白は埋めることができるわけでも、埋めていいものでもない。だから何も決定づけることはできない。いったい自分は何をしていたんだろう。笑いしか出ない。

あと二つ、ゼミに入ることにした。なんでもいいから誰も書かないテーマを教えてもらい、それがどんなにつまらないものであろうと論文を書き、学位をもらって、卒業しようと思ったのだ。隠熱たちの話だって一度は誰かの手にかかり、あきらめられた話なのかもしれない。これほどにも魅力的な話が埋もれていたなんて。アイディアは個人のなかから出てくるものではなく、空気中を漂っているものかもしれない。たとえば、とあるアイディアは地面近くを、とあるアイディアは成層圏近くを魚のように泳いでいて、誰かのアンテナにひれをそっと触れるのだ。そう考えると、似たような発明品が同時多発的に発明され、似たような伝説がはるかに遠い土地でも生まれることも説明できる。

だからさ、私じゃなくて他のアンテナを見つけてね。

すでに死んでここにはいない者たちに、私はそうつぶやいた。


そうこうしているうちにクリスマスが近づき、解放村《ヘバンチョン》のある店でライブを行った。店主がゴヌ先輩の知り合いだったので、ずっと実力のあるバンドに紛れて参加することができた。どんな曲にするかで意見がぶつかったが、結局はそれぞれの浅い趣味がもろに伝わるちぐはぐなリストになった。エンディングはカルチャー・クラブで飾った。「Do You Really Want to Hurt Me?」「Miss Me Blind」と続き、「I'll Tumble 4 Ya」で終わるメドレーで、カルチャー・クラブの曲にタケルの声はなかなか似合っていた。ハードではない、ボーイ・ジョージ風のクリスマスになった。タケルの声では、どんな曲を歌ったところでハードにはならないわけだけれど。クリスマスキャロルを歌おうかとも思ったが、他のバンドがみんな歌っていたのでナシで正解だったと思う。

「最後に、美しきキーボードに拍手を！」

そんなふうに紹介されるのはいやだと言っているのに、なかなか新しい情報がインプットされないゴヌ先輩だ。しかたないので曖昧な笑みを浮かべると、観客も曖昧な歓声を上げてくれた。ずいぶん長い時間を練習に費やしてきたが、これでもう終わりだ。

他のバンドと一緒の打ち上げに参加したが、ふだんから親しいわけでもなかったのであまり盛り上がらず、メンバーたちでその場を抜けることにした。テーブルの角が丸くすり減ったおでん屋で、あんな話、こんな話が続き、ついにストップしたままの私の論文に話題が移った。みんなは一言ずつ自分の意見を言い始めた。

「適当な結論をつけたら？」

「それじゃアカデミックとは言えないだろ」

「もったいないからさ」

「悔しいね」

他人事のように耳をすませていたら、ワンがこう尋ねてきた。

「キミは平気？」

「えっ？」

「ちゃんとけじめをつけなくても平気そう？」

そういう問題じゃないけれど、こう聞かれるとそれが問題のようにも思えてきた。私は返事をする代わりに、テーブルの下でワンの手を一度ぎゅっと握りしめた。私だけがわかる彼のびっくりした表情に気付かないふりをして。

「おまえさ、海賊の話書いてんのにそんな弱気でどうすんだよ？　死んだ海賊が、ガイコツかたかた鳴らして笑ってるぜ。ダメならダメでいいじゃないか。こうやって俺らとバンドやってる以上にダメなことなんかないだろ？」

話に割り込んできたゴヌ先輩の話が耳障りで、「おぼっちゃんに何がわかるのよ」と金切り声を上げて飲み会を終わらせた。

それでも書いた。冬から春まで、環太平洋バンドの熱烈な支持を受け、思うがままに筆を走らせた。隠熱は革命精神の継承者で、時代を先駆けた女性英雄で、アナキストだったのだと。隠熱たちの築いた独特で汎アジア的友情を再現することが私たち世代の目標になるべきだと。身分を乗り越えて万国の孤児を世話し、理想的な共同体を営んでいたことも、リベラルでアヴァンギャルドな芸術を試していたことも忘れてはいけないと。時代の壁にぶつかって座礁さえしていなければ、近代の先駆者になっていたはずの立派な若者だったと！

Of course、やっぱり、理当、여지없이、落ちてしまった。

やれるところまでやったんだし、すっきりしていた。次の学期に、十九世紀咸鏡北道《ハムギョンブクト》の鉱工業の発達について書いた次の論文がすっと通ったことには、どことなく居心地の悪さを感じていたけれど。やり残した気持ちを忘れてしばらく遊ぶことにした。別の大学の博士課程に進みたくなったので情報を調べるための時間が必要だったし、疲れていたので休みたかった。休みながら歌詞を書いた。メンバーたちに見せるつもりはなかったけれど、無意識に見せたがっていたのか、ひょんなことでみんなの目に触れることになった。すると曲の完成まではあっという間だった。こうして〈アルダシフィ〉初のオリジナル曲が完成した。私たちの好みにぴったりな大叙事詩型オルタナティブロックだった。「Slow Burning」というタイトルで、サビの「fire」を歌うときはみんなで「ファイヤー」と力んで発音した。ライブがあるたびにこの曲を歌い、ちょっと気恥ずかしいけれど毎回説明を付け加えた。こんな人たちがいたんだと、いまの時代に生まれていれば、環太平洋バンドになっていたはずだと。飽きたら歌うのをやめようと思っていたのに、なぜか全然飽きない。

ゴヌ先輩の知り合いの知り合いのおかげで、ケーブルテレビの番組に出演することになったのは予想外の展開だった。インディーズバンドのサバイバルプログラムで、出演予定だったバンドにトラブルが起き、急遽代わりに出ることになったのだ。金持ちはなんでもかんでも人脈で解決しようとするから嫌いだと文句を言ったが、なかなかの出演料がもらえたのでしれっとした顔で出ることにした。ありきたりな、もう時代遅れのようなサバイバル形式のプログラムなんか誰が観るんだろうと見下してもいた。しかし、私の予想は大きく外れ、四パーセントという高い視聴率が出てしまった。もう引き下がることはできなくなった。せっかくなので四位には入りたいと思ったのに、六位止まりになってしまった。ぼちぼちと音源が売れていき、わずかながら著作権料も入ってきた。そのお金はほとんど舞台衣装を買うのに消えていった。いちばん気に入ったのは、満場一致で選んだオーダーメイドのローファーだった。

おまけに起きた出来事といえば、私の動画がなぜかネットでオモシロ画像として使われるようになった。ＧＩＦで作られたそのファイルは、おもにちんぷんかんぷんな返事をする相手をからかうときに使われる。それが心外でならない。言い訳をすれば、六位になったあとのインタビューで感想を聞かれ、あまりの緊張で見当違いな返事をしてしまったのだ。

「ではキーボードのイ・ジョンヒョさん、これからはどんな計画がありますか?」

と司会者に聞かれ、

「歴史学者になるんです」

と答えた。

遠慮のない番組スタッフは、むくんでいるような顔の下に、「し―――ん」というテロップをでかでかと流した。実際、短い沈黙があったことはあったけれど、緊張してミスをしたぐらいでここまでからかわなくても、とは思う。大学院の先生からもメッセージが送られてきたときには、ちょっとだけ死にたくなった。オモシロ画像なんてすぐ忘れられるだろうと、早く時間が過ぎていくことを願っているのに、メンバーたちが誰よりも頻繁に使ってなかなか協力してくれない。「になりたいです」でもなく「になるんです」だなんて、自分でも笑ってしまうときがある。自分の口からよくあんなことがすっと出たもんだなと。

真面目な知り合いたちからは、まだバンドなんかやってるのか、いつまでやるんだ、と言われる。そのたびに私は、キーボードはそんなに負担にもならないし大丈夫、と嘘をついている。メンバーたちがチームを離れるまで、私はやめる気がないのだ。いや、おそらくみんなが離れたあともやめることはできないだろう。〈アルダシフィ〉バンドは私のある強迫観念を取り払ってくれる。やってみてダメなら歌にしよう、とさっと方向転換させてくれるのだ。そんな頼りないけれど頼りになる感じで力になる。なんども繰り返し見ていたくるぶしの夢からも解き放たれた。いつかまたものすごい話、自分では背負いきれない話がアンテナにひっかかって私を離さないとしても、環太平洋が私の味方になっている以上は、なんの問題もない。論文にできないなら歌にでも、冗談にでもすればいい。それを知っている以上は大丈夫だ。

なのでいつも、ご存じのようにバンドです。

ちょっとは笑ってください。

では、歌います。

# 屋上で会いましょう

63ビルと南山《ナムサン》タワーと漢江《ハンガン》とが一度に見渡せる素晴らしいビュースポットに立っていても、ちっとも幸せに思えないことってあるよね。あなたはわかるでしょ。あなたならよくわかるはず。その会社の屋上で、私は、両足に吹きつける室外機の熱風を感じながらずーっと座り込んでたの。屋上にベンチを置いてくれるようなやさしい会社じゃなかったし、雨染みで汚れた室外機を椅子代わりにして、こっそり持ち込んだ高級スイーツを食べていた。チョコバナナタルト、ブルーベリーシュークリーム、と花咲くように浮かんでくるさまざまな名前のシュガーたちを。でもね、いくら糖分を取り続けても、飛び降りたいという気持ちを抑えることができなくて。甘酸っぱいものでも吹き飛ばせない悪い考えだってあるもんね。

ワン、ツー、スリー、フォー。斜めにステップを踏んでほいっとバーを飛び越える走高跳の選手のように、私も屋上の手すりを飛び越えたいと思ったの。

あるいは、手すりを虹色の鉄棒のように両手でぎゅっと握り、スピンをかけて飛び込みたかった。おへその下が鋼みたいに固くなった気がして、それから気持ちのいい降下になるらしい。

ぐいっと背中を押されるような強烈な欲求じゃなかった。というより、いつも変わらないように見えて、実はじわじわ目盛りを上げている危険みたいな感じ。室内に充満していく有害ガスとか、毎年水位を上げる海水面みたいな。衝動に突き動かされるってことなく、いつのまにか平然とした顔でジャンプしちゃうかも、と思うこともあった。でも、そういう不安さえもぼんやりとはるか遠くに感じてた。ふだんは手すりに近付く代わりに、他のビルの屋上にいる人たちを見ていたの。海ですれ違う他の船を見て喜ぶ船員たちみたいに、手を振りたい気持ちになってね。でも向こうは遠くからも私の目線を感じるのか、こっちを気にしながらそそくさと降りていってしまうの。

私はいま、あなたに手を振っている。

「君さ、オレとオレのロシア人の彼女と三人で一回会ってみない？」

崔《チェ》プロデューサーが手の甲で私の頬をさすりながら、わけのわからない3Pを提案してきたときも、私は怒ることができなかった。こんなことを言われるために大学を出て、厳しい就職活動に耐えてきたわけじゃないのに。彼なんか誰でもプロデューサーになれる時代にプロデューサーになって優秀な後輩に追い抜かれてばかりだから、その負け惜しみで私たちみたいに弱い立場の人間をいじめているわけ。ケーブルテレビから他のプロデューサーがスカウトされまくってたときだって、彼には声ひとつかからなかったんだから。

ため息をつき、話題を逸らそうとしたそのとき、向かいに座っていた先輩が顔をそむけるのが目に入った。さりげなく七・五度ぐらいだけ。私ってなんでその七・五度を感じ取ってしまうんだろう。だんだん肝臓がダメになってきてるんだろうなというのがわかる顔色と病気じゃないかと思えるほどの体臭が心配で、七・五度ぐらいの卑怯さには目をつぶってあげようと思ったの。先輩が肝硬変にでもなったら、先輩の奥さんはどうすればいいんだろう、と私は泥沼のなかにいながらも、二回ぐらいしか会ったことのない先輩の奥さんのことまで心配した。

有名スポーツ新聞の広告事業部にいたときのことでね。就職氷河期にそこそこ名の知れた会社で働いてたから、一見恵まれているように見えたかもしれない。友達には、それぐらいは我慢して、と言われたの。でも同じ会社のなかでも、部署によって雰囲気が全然違うじゃない？　こっちはあやしい物を売っている会社のあやしい役員たちへの接待が絶えなかったわけ。どうしてあんな部署に私が選ばれたのかな……。たぶんだけど、なにか割り当てみたいなものがあったんじゃないかと思う。それか人事部が一瞬どうかしてたのかもしれない。あいつがいつやめるか当ててみよう、と部署の人間たちが賭けごとをしていたことが入社半年後にわかったんだよ。誰かに冗談っぽく言われたけど、冗談じゃなかった。

オフィスで働く時間より、高級クラブで接待する時間のほうがずっと長かった気がする。こういう接待文化って本当に意味わかんないよね。ネロ皇帝みたいに、江南《カンナム》にある高級クラブを全部燃やしたくなった。いまだってそれなりの道具さえ手に入ればやれるかも。とにかく、私と部署の人間をはじめ、社内の人間なら誰もがわかっていた。悪い慣例だと思いつつもそれを変える意志がないから続けているだけで、実はなんの生産性もないお金の無駄遣いだってことをね。誰もが業界と会社のお金が流れていく下水口ぐらいにしか思っていないことを互いに知っている状況ってね、結構気まずいのよ。もし記者職で入社してたら状況は少し違っていたかもね。記者を中心に回っている会社だったから。いまとなっては確信は持てないけど。

「転職は？　他の会社に移った先輩に引き抜いてもらえば？」

「もうやめちゃえ。やめたって飢え死にはしないよ。キャリアもあるわけだし、すぐ違う仕事が見つかるんじゃない？」

周りからの言葉に刺激されてその気になることもあったけど、結局は不安を乗り越えることができなかった。三十個ぐらいエントリーしたって一次でさえ一つしか通らない履書なんだから、不安を感じないほうがおかしいだろうけど。しかも扶養すべき家族までいたから。父は週に三回透析を受けなきゃいけないし、父を看病している母は関節リウマチで、そんな両親のすねをかじっている弟はどう見てもうつ病でね。稼いでいるのは私だけだったから、医療保険からしてすべて私の名義だったんだよ。だから他のところに移りたいなんて夢のまた夢みたいな話で。

女の先輩《オンニ》たちがいなかったら、私は間違いなく飛び降りてたと思う。いちばん年上だった経理部のミョンヒ先輩、編集記者だったソヨン先輩、制作物流部にいたイェジン先輩。彼女たちは運命の魔女のように額を寄せ合わせ、もつれた糸のようにぐちゃぐちゃになった毎日をどう解きほぐしていけばいいか一緒に悩んでくれたの。誰だったっけ。私が髪をバッサリ短く切ったのに驚き、ポカンと開いた口を閉じようとして唇を噛んでしまった先輩は。

入社時に肩の下まで伸びていた髪を、スポーツ刈りよりはちょっと長めに切ったんだ。突然思い立って切ったのに、ポマードをつけて髪をセットしてみたら、これがなかなか自分に似合うわけ。大声で叫びたいのに叫べないから、髪を切ったんだと思う。短い髪に、しっかり折り目をつけたパンツを穿いて、ほら、あんたたちとちっとも変わんないんだからまともに相手してくれよ、と全力で訴えたの。でも、予想外のことが起きた。暗いところでは私のシルエットが男みたいに見えて、自制をかけなくてもいいと思う奴が増えてしまったの。あと、なんで髪を切ったのかと、目障りだと、ケンカを売ってくる奴もいた。屋上に立っていると風で頭皮が冷えてくる。状況が悪いほうに転ぶばかりで、自己防御が働いて頭がぼーっとしていたみたい。だからあの頃の記憶は不連続に、悪いイメージだけがスチール写真のように残っているの。月に一回は、先輩たちと会社で配られるチケットで映画やコンサートを観にいった。すると、ちょっとだけ生きている気がしてね。私たちはいつも、苦い思いを中和してくれる脂っこい料理を食べていたの。泣いたり笑ったり罵ったり、それでへとへとになって夜遅くに家に帰ると、ようやく自分が人間のように思えた。

だから大好きな先輩たちが二、三カ月に一人って感じで立て続けに結婚してしまったときのショックといったら、言葉にならないぐらいでね。最初にミョンヒ先輩が、九〇年代にオヤジたちがよく着ていた厚手革ジャン姿の、どこから見ても刑事だっていうのがわかる男を連れてきたときはもやっとして、次にソヨン先輩が、四つ球の持ち点が四百点だという準プロ級のビリヤードマンを連れてきたときはドキッとして、最後にイェジン先輩が、伝統楽器をつくっているという太鼓職人を連れてきたときはきょとんとしてしまった。最初の二人はともかく、イェジン先輩があんな人とどこで知り合ったのかが想像もつかなくて。

「結婚して最高ってわけじゃないけど……。フラフープは回せる」

「フラフープ?」

「結婚前に子どもの頃を思い出してフラフープを買って、泣いちゃったことがあるの。ワンルームではいくら場所をずらしてみても回せなくてね。ラックとか布製チェストとかに引っかかっちゃうから……。なんだかんだ言っても二人で暮らす家なら、フラフープぐらい回せるし、息もつける」

先輩たちは結婚して会社をやめていった。一人ずつもっといい会社を見つけて脱出していったの。給料がよかったり雰囲気がよかったり、せめて通勤時間が短縮できるところに。仕事が見つかるまで一、二カ月ぐらい休む先輩もいて、顔にいままで見たことないツヤが出ていて本当にうらやましかったんだよね。屋上から先輩たちのたばこの煙が消えた。先輩たちはたばこをやめ、ピラティスを始め、旅行にも行った。見捨てられたような気がしたなあ。ポスト・アポカリプス系の映画に出てくる脇役みたいに危うい状態になって、メッセンジャーに久しぶりにログインしてきたイェジン先輩に食いついちゃった。

——みんな結婚するのが急すぎませんか？　私だけ外して、三人で合コンでもしてたんですか？

たいして答えにくい質問でもなかったろうに、先輩はしばらく何かを書いては消し、書いては消した。待機中です、相手がメッセージ入力中です、と表示が何度も何度も変わっていたの。

——来週会って話すね。

結局送られてきた返事はこれだけ。

久しぶりに四人で集まって、先輩たちは三人そろって私の向かいに座っていたね。本当の魔女みたいに。

「先輩たちだけ幸せになってどうですか？　裏切り者。どうやって結婚したのか、その秘訣でも教えてくださいよ。私も知りたいです」

「ほんとにそう思ってる？」

ミョンヒ先輩が聞いた。

「まあ、ある程度は。私だってその気はありますから」

先輩の視線が、その日に限って手入れをしていないボサボサの頭に向けられているように感じたんだ。

「秘訣を教えたら秘密にする自信、ある?」

椅子に深くもたれかかっていたソヨン先輩にそう聞かれて、私は首がもげるほどに頷いた。精一杯に純粋で信頼できる顔をして。

するとイェジン先輩が、薄くて黄ばんでいるノートのようなものを差し出してくれたの。

「古代から伝わる呪文書だよ」

「高麗《コリョ》大から何を注文するって?」

「バカ! ちゃんと聞いて。注文《オーダー》じゃなくて呪文《スペル》!」

ソヨン先輩がいきなり怒り出して、私、ちょっと引いちゃったんだよね。みんなそろって気が触れたのかと思った。もともと占い好きなのは知ってたけど、みんなしっかり者だったからね。どうしたんだろう、私をからかってるのかな、と一瞬考え込んでしまった。

「……古代から伝わってるってものが、どうして印刷されてるんですか?」

「古代から伝わってきたものを、誰かが大韓帝国末期か日帝時代に印刷物にしたみたい」

「どこで手に入れたんですか?」

「東大門《トンデムン》だよ。清渓川《チョンゲチョン》の近くに古本屋があるでしょ？」

「……」

「もういい、信じないならもうやめよう。切実じゃないならやめたほうがいい」

「いやいや、切実ですって、ほんとに」

先輩たちに気圧《けお》されて、慌ててその本を受け取ってきた。


『閨中操女秘書』という意味不明なタイトルの本には、タイトルぐらい意味不明な呪文がたくさん書いてあった。夫を種なしにさせる呪文、勉強に興味がなく遊んでばかりいる長男の目を覚まさせる呪文、落ち着きのない末娘に身持ちを堅くさせる呪文、口が軽い隣人に復讐できる呪文、無駄食いする居候を家から追い出せる呪文……。これは呪文書というより、前近代の女性の悩みがまとめられている本と言って過言ではない気がした。呪文に必要な材料もまた、なんとも言えないぐらいグロテスクでね。鶏を四回盗み食いしたアナグマの耳と後ろ脚はいったいどこで手に入れればいいんだろう、とかそんなことを思いながら古書をパラパラめくっていたら、私ってオーバーフィットなジャケットがよく似合う自立した現代女性なのに、なんでこんなものを読んでるんだろうと呆れちゃって。

付箋の貼られたページを開いてみると、そこにはたった一人の運命の結婚相手を召喚する方法が書いてあった。その内容といったら、他の呪文ぐらい呆れちゃうものでね。漢文の部分には、文系だったソヨン先輩が細いペンで丁寧に解釈を添えてくれていた。ざっくり説明すると、こんな感じ。

1、夕暮れに、霊気の漂う北側の山を川の向こうから眺めつつ、清らかな高い丘に召喚陣を描くこと。
2、傷のない赤玉、青玉、緑玉、紫玉、白玉を五芒星《ごぼうせい》の形に並べること。
3、予め用意しておいたきれいな湧き水を三分の一、月光の下で流した涙を三分の一、月経血を三分の一入れてよく混ぜたもので、絹紙に生年月日と出生時刻を書くこと。この際、必ず左手の薬指を使うこと。
4、絹紙を燃やし、静かに両手を胸の前で組み合わせて一礼し、泣くこと。
5、結婚相手を迎え入れ、日月星辰の導きにしたがって生きること。

何よりも月経血でびっくりして、すぐにソヨン先輩に電話をかけたの。

「先輩、これなんなんですか？　月経血とかどういうこと？」

するとソヨン先輩が受話器の向こうでびくびくしているのが伝わった。

「むかしの呪文なんだからちょっとは気持ち悪くないと。じゃないと効果がないんだよね。月経カップを一つ買ったら？」

「色別の玉はどこで買いました？」

「玉と言えば春川《チュンチョン》だよ」

「あ！　それでみんな春川に行ってたんですね」

「傷があるとダメだからね。ミョンヒ先輩は少し傷のあるものを買っちゃってやり直しになったんだよ。だから市場をよーく回って慎重に選んでね。形もまん丸いものをちゃんとね」

「絹紙は？」

「それは仁寺洞《インサドン》で買えるよ。お店を教えてあげる」

「北側にある山を川向こうから眺められる高い丘は？」

「会社の屋上が条件にぴったりだった。週末に屋上でドアのカギをかけてやって。古代の呪文だから別に本当の丘である必要はないみたい」

「これってほんとに効果あります？」

「とにかくやってみて。びっくりすると思うよ」

必要なものが全部そろうまでは、ほぼ二カ月がかかった。涙なんかは簡単だったけど、周期がかぶる先輩たちがいなくなってから、生理不順になっちゃってね。

肌寒かった日曜日の夜、会社の屋上のドアを閉めて、いざオカルト行為を始めようとしたら、不思議と心がしんと静まったんだよね。誰かに見られたらどうしようという不安も、乾いたソウルの空気と一緒に飛んでいったみたい。遠くに見える南山タワーは、まるで祈願塔のように見えていた。

呪文書には書いてなかったけど、私はシャワーを浴びて、新しく買った下着をつけた。あなたは私がここでなんらかの間違いを犯したと思っているんだろうね。でもそうじゃないの。私はまじめで慎重だった。当時の状況から抜け出せるというならなんでもやれると思っていた。それまでの人生から抜け出せるなら、と。親しげに腕をつかむふりして手の甲を胸に触れる奴とか、ひざをぽんと叩くふりしながら太ももの内側に指を伸ばしてくる気持ち悪い奴とかから抜け出せるなら、と。変わりたかった。脱出したかった。もっと高い階級に上り詰めたかった。その解決策が結婚じゃないってことぐらい織り込み済みだったけどね。

雷でも鳴るかなと思った。

しかし音ひとつせず、光ひとつも見えなかった。

失敗だと思って例のベンチ代わりの室外機に腰をかけたの。もう秋だったから、室外機は止まっていた。タバコが無性に吸いたくなって、何か口にできるおつまみみたいなものがないかなと、かばんを漁ったらタバコのように細長いお菓子が見つかった。いつからかばんに入っていたのか知らないけれど、袋が破れて酸化し切ったお菓子からはほこりの味がしてね。背中を丸めて座って、お菓子をぼりぼり食べていた。おつまみをごつまみとよく言い間違えていた元カレのこともふと思い出して、あんなやつでも引き留めておけばよかったのかな……なんてことを思ったりして。用意しておいたバケツの水で召喚陣でも消そうかな、と思って体を起こしたそのときだった。

そこに夫がいた。

あんなものを「夫」と呼べるなら。

悲鳴を上げながら階段室の裏に回って隠れた。手が震えて言うことを聞かない指で携帯を操作し、ミョンヒ先輩に電話をかけた。発信履歴のいちばん上に見えたのがミョンヒ先輩だったから。

「先輩!」

ミョンヒ先輩はこそこそ何かを言ってから電話を切ってしまった。週末だから夫の実家に行っていたみたい。ソヨン先輩は電話に出てさえくれなかった。その下にイェジン先輩の名前が見えたんだけど、指がなんどもなんども滑った。

「もしもし」

先輩は食事中なのか何かを噛んでいるようだった。

「先輩、召喚のことだけど」

「うん、やってみた？」

「これって、言葉どおりの召喚だったんですか？」

「そうよ。現れたでしょ？　うちの人は、剝がした牛革を手に持ってたんだよ。ソヨン先輩のときはキューーを持ってたし、ミョンヒ先輩のときは……」

「いまそれはいいんですけど、最初から人間でした？」

「男って、少しずつ育てていけばいいんだよ。ちょっとずつ人間になってもらえばいいから」

「そうじゃなくて、見た目の話なんですけど！」

「え、どうしたの？　そんなにブサイク？」

「ブサイクかイケメンかの問題じゃなくて、まず人間じゃないんです」

「はあ？」

首を伸ばして、もう一回召喚陣のほうをのぞいてみたの。ああ、私の夫は人間じゃなかったんだよ。どこからどう見ても人間には見えない。だいたい人間の形をしているだけで、とうてい人間とは言えなかった。

人間でありながら人間ではないもの。

服でありながら服ではないもの。

顔でありながら顔ではないもの。

それはまるで、前衛芸術のために生きているインスタレーション・アーティストが、動物の死骸とワイヤーと沼のなかで腐り切った木材を組み合わせておいたような形をしていたからね。角度によってエイのようにも見えたし、キクラゲのようにも見えたけれど、結局どれにも似てはいなかった。腹の底から言葉にならない拒否感がこみあげてきたの。召喚術だって言ってみれば一種の瞬間移動だから、次元を越えてくるときになんらかの副作用が出て、体をずたずたにされてしまったのかな。私のうっかりミスで一人の人間を殺してしまったのかな。パニックになって、「どうしたの?」とイェジン先輩に何度も聞かれているのに返事もせず、電話を切ってしまった。

近寄ってみたら夫が息をしていてちょっとは安心したけど、次の瞬間、やっぱり、死にたくなったんだよね。夫の足が宙に浮いてたから。

いまにも倒れそうだったのに、一応できる限りの礼儀を尽くしてあいさつをしたの。宇宙人かもしれないし、もしそうなら、地球人は無礼だって思われたくないから。はじめまして、と言ったっけ。たぶん出まかせを言ったと思う。夫の顔もまともに見られなかった。だいたい顔だと思われるところに目を向けたけど、汚れた皮にしわが寄っているだけだったからね。結局足先に目を落としてしまった。宙に浮いている夫の足から、それでも爪のようなものを見つけたの。どう見ても金属だったけどね。

「あのう、私がかけ間違えたみたいで」

電話をかけ間違えたみたいですって感じに、変な言い訳もしてみたの。あなたが私の運命の相手なはずがないから、どこから来たか知らないけど、ぜひ自分の世界に戻ってほしい、と。

そんなことをしどろもどろに言い終えると、夫が言った。

「……ボウ」

声が風の音にまぎれて、よく聞こえなかった。

「何ですって?」

閉じた口がもう一度開くことはなかったけど、すっと頭をよぎった単語が頭のなかで復元されたの。それは「滅亡」だった。

夫を召喚するつもりで滅亡の使徒を呼び出してしまった女ってねえ。自分ってなんてバカなんだろうとも思った。愛を願い求めるのではなく、このクソみたいな会社への恨みをこめて儀式をやったのが間違いだったんだろうか。現実逃避のために結婚を選んだことへの前近代的な呪いだったかもしれない。でも、百パーセント現実逃避じゃないですよと言える結婚なんてあるのかな。女には、いつどんなときだって逃げ出したくなる対象があるんだもの。遠い昔からいままでずっとね。死ぬほど悔しかった。

屋上で盛大に吐いちゃって。それからバケツにもう一回水を汲んできて掃除をしたの。吐いたら少し気分が晴れてね。私の人生なんてこんなもんでしょう。他の人ならすっと叶うような小さな願いごとでも、私が願ったら大きな災難になって当たり前だもの。そんなヒヤリとする気付きのおかげで目が覚めたの。ちょっとだけ世のなかを罵ったかも。滅亡の使徒はそんなことに気を留める様子もなく、ただただずっと召喚陣の上に浮いていた。

「どこにも行かないでここで待っててくださいね」

出てきたものが何であろうと、とにかく自分が呼び出しちゃったんだからね。成熟した社会人であり市民としての責任を感じながら、事務室に戻った。滅亡の使徒を屋上から移動させなきゃいけないから。幸い会社に置いていたパーカーとチェック柄の毛布があってね。ミョンヒ先輩が置いていったゆったり目のカーディガンも。私はそれを屋上に持っていって、滅亡の使徒の体をぐるぐると巻いたの。他の次元から来た私の夫は、変な恰好になっちゃったけれど、おかげで最初より怖くはなくなった。パーカーがピンクだったのが一役買っていたと思う。

手袋なしで触ってもいいのかな、と悩んだけれど、幸い夫の手は毒性の粘液質とかで覆われてはいなかった。私が手をそっと引っ張ると、夫は滑るようにすっと私についてきたの。タクシーを呼んで、彼を押し込んだ。運転手さんは整形でもしたのかなと思っただろうね。会社の近くには、ビル全体が美容外科になっているところがずらっと並んでいたから。

玄関に段ボールを敷いてあげたの。どうせ宙に浮いていて、布団なんかいらないだろうし。初夜はそんな感じだった。

寝られるわけがない。

「朝ごはんは何が食べたいですか？」

念のため聞いてみたら、

「……ボウ」

と夫は答えた。地球を、人類を、朝ごはんにしてあげられない自分が情けなくなった。二時間ぐらい寝たかな。早朝から米を炊いてごはんを作ったのに、夫は一口も食べなかった。子どもにごはんを食べさせるみたいに、スプーンでごはんを掬って滅亡の使徒に差し出す私の姿を想像してみて。

それからしばらく努力はしたんだけどね。メニューを変えながらなんとか食べさせようとしたけど、無駄だった。結局はあきらめて夫を放置したの。人間って恐ろしいほど環境に適応できる動物だと思った。不合理を通り越して不条理に近い職場にも慣れることができたように、私は滅亡の使徒である夫にも慣れていったんだから。夫が玄関に浮いていようが何をしていようが私は深く眠り、服を着替え、洗濯物を干すことができたの。うっかり趣味の悪い運動器具を買ってしまったと考えて無視しようとした。

ひどく落ち込んだよ。これ以上悪くなりようがなくてもさらに悪くなる人生だってことは百も承知していた。それでも呆れちゃってね。

それでどうしたかわかる?

先輩たちと縁を切った。いま思えば、バカみたいな考えだけど、当時は耐えられなかったの。私の異変に気付いて、先輩たちがかわるがわる電話をかけてきたり、直接訪ねてきたりしたのに、現実を受け入れられなくてね。実家の家族とだって最小限にしか会わなかった。誰かを家に呼べるような状況じゃなかったからね。

それに、夫の状態が日に日に悪くなっていった。これといった目安があるわけじゃないんだけど、最初来たときより状態が悪くなっていることはなんとなくわかる気がして。なんというか、より生気がなくて、より暗くて、より激しく波打っていたの。夜中、空中で振動する夫の音になんども目が覚めた。

そんなある日、その振動音がうめき声だっていうのがわかったんだ。私はもふもふマイクロファイバーの寝間着姿で夫の前に立った。シャワーも浴びずに寝落ちしてしまったから、髪からタバコと酒と食べ物のにおいがしたんだけど、もうどうでもいいやと思って。夫に鼻があるかどうかもわからなかったからね。

「私たちは無理です」

すると、夫の振動が止まった。自分の気持ちをもう少しはっきり伝えようと思って、私は夫に近づいたの。

「どんな宇宙でだって、どんな次元でだって、私たちが運命の相手なはずないでしょ?」

目があるだろうと思われるところをじっと見つめると、夫のほうも私をじっと見つめ返しているような気がした。見た目にもう慣れていると思ったのに、背筋が凍りそうになってね。

そのときだった。

夫が両手を伸ばしてきて私の頭を抱え込んだのは。

悲鳴が扁桃腺あたりで凍り付いてしまって。体を動かそうとしても、錆びた鉄パイプが曲がっているみたいな夫の指に頭を締め付けられ、動けそうになかった。

夫が顔を近づけて唇だと思われる湿った穴を私のつむじに密着させたの。それから突起なのか歯なのか吸盤なのかわからない小さな器官が、何かを一気に吸い始めた。

長かったのかな。

一瞬だったのかな。

私はショックで気を失ってしまった。


翌日の朝、目を開けると布団の上にいてね。夫が運んでくれたのか、夢うつつの状態でみずから這ってきたのかはわからない。

ただびっくりするほど体がすっきりしていた。

初めて味わう感じだった。体にあるすべての毒素が、老廃物が、運悪く呑み込んだ重金属の成分が、すべて体から排出されたみたいな。ストレッチもしてないのに関節はほぐれてるし、目は乾かないし、寝汗もかいてなくて爽やかだし。キーボードを掃除するときみたいに、誰かが私を分解して、ほこりを取り除いて、もう一回組み立ててくれたのかなと思ったぐらい。生まれ変わったようなすっきり感ってわかるかな。爽やかな朝の記憶がある人ならわかるはずだけど。

目ヤニも取らずに夫のところへ行った。顔をあっちに近づけてみたりこっちに近付けてみたり、勇気を振り絞って夫を突っついてみたりもしたんだけど、夜にあったような突然のスキンシップは起きなかった。

だけど、なんと言えばいいんだろう。

夫にツヤが出ている気がしたんだよね。よく食べたときに出るようなツヤが。

「昨日私から何を……」

吸い取ったのか、と聞こうとしたのをやめて、少し言葉を柔らかくしてみたの。

「持っていったんですか？　何か、吸ってましたよね」

風ひとつなくても波打っている布切れみたいな服の端をつかみ、恥ずかしそうに聞くと、夫がこう答えてくれた。

「……ゼツボウ」

あ！

耳垢まできれいに取り除かれたのだろうか。ようやく夫の言葉がちゃんと聞こえてきたの。彼は「滅亡」ではなく、「絶望」と言っていたんだよ。

私はものすごく久しぶりに絶望フリーの状態で会社へ向かった。夜になるとまた少し絶望がたまってしまうだろうけど、もう怖いものはない。


毎晩私のつむじを差し出したところで、夫の空腹を満たすことはできなかった。部品が緩んでしまった掃除機のモーターみたいに、かすかな振動音しかしなくなったの。それもそうだよね。最初食べたのは一生分の絶望だったからお腹もいっぱいになったんだろう。でも一日分の絶望って粉薬の一袋分にもならなくてね。苦くてわずかな量。

妻としての役目を大事に考えている私は、別の方法を、別の餌食を見つけなきゃと思った。ちょうどその時に、大学の友達が会社をクビになったという話が聞こえてきて、友達には申し訳ないけどいいチャンスだと思ったわけ。私は無条件に友達の肩を持ち、友達を慰めてあげた。友達はもともとお酒を飲むと記憶を失うタイプでね。おんぶするように友達を家に連れて帰ったときは、もう深夜一時を過ぎていた。

夫は、私には結構うれしそうに見える顔をして友達の絶望を吸い取っていった。私は共謀者らしく笑みをそっと浮かべて、友達が目を覚ます前にと急いでタクシーを捕まえ、家まで送った。

次の日、友達から電話がかかってきたの。

「昨日さ、私、誰かとケンカしてた？　いちばん上のピアス穴から血が出てるんだけど」

夫が頭の両側をしっかり挟もうとして耳に触れちゃったみたい。私は白を切った。

「ニットかなにかに引っかかったんじゃなくて？」

「そうかな。昨日あんなに飲んだのに、不思議と酔いがちっとも残ってないの。あんたも平気？」

「もちろん」

最初の拉致が成功してから、私はだんだん大胆になっていった。母親を亡くした会社の同僚、派手に離婚した親戚、遺伝病の症状が出始めた兄の友達、多額の借金を背負っている知り合い、留学をあきらめた大学院生、交通事故に遭ったスポーツ選手、三浪の受験生、五浪の公務員試験受験生、脳腫瘍の手術後に嗅覚を失った料理人、リハビリに失敗した舞踊家、野良猫の餌やり問題で強面の近隣住民と揉めているボランティアの人、ネトウヨがうようよいる教室の女子中学生、教員採用がなかなか決まらない塾講師、アイドルデビューがなかなか決まらない研修生、ギャンブル依存症患者、テレマーケッター、環境運動家、妻を亡くした教頭先生、水害を被った農民、酷使されている若いインターン生、アトピーで苦しんでいる美容師、移民に失敗して帰ってきた人、ゴーストライター、刑務官、口蹄疫にかかった豚の生き埋め業務に携わった関係者たち、各種の虐待からかろうじて逃れた人たち、ひどい摂食障害の患者、二十年以上も育てた鸚鵡《オウム》を亡くした飼い主、リベラル系の政治家の妻、極右政党の国会議員の娘……。

あれほどアグレッシブに他人と交流したことはなかったと思う。私たち夫婦に会ってから、彼らがすごくすっきりした顔で街を歩きまわっている姿を想像すると嬉しくてね。毎晩、豪華な食事をしている夫は、波打っていた服が妙にしっかりしてきた気がして。私は毎日やりがいを感じながら、幸せな気持ちで布団に入ったの。滅亡の使徒は、滅亡どころか希望の使徒だったんだよ。

もちろん何もかもうまくいくはずはなかった。

「お前さ、シャーマンと同棲してんの?」

「はあ? どういうことですか」

「お前んちに行けば、厄払いできるっていうからさ」

「誰がそんなことを」

「2チームのハン記者がそう言ってたよ」

あまり悩まず、その月のうちに仕事をやめた。噂が立ったからじゃないよ。それよりは、絶望から立ち上がった弟が更生して経済的な負担が減ったし、会社で最も絶望している人間はだいたい救えた気がするし、夫を食べさせられるだけの人脈がもうなくなったから。

仕事をやめてから一度も考えたことのない選択をすることにした。大学に戻ったんだよ。それにまた、一度も考えたことのない専攻を選んだ。臨床心理学。絶望した人間を物色するのに、これ以上の分野もないと思う。大学院でも教授たちが私の手をにぎったり酒を注いでくれと言ったりして気持ち悪いのは会社のときと変わらないけど、もう我慢しないで怒れるようになっていたから。歯医者に行ったら、ふだん歯を食いしばりすぎているからリラックスするようにと言われたの。寝るときも歯を食いしばってるって。全然知らなかった。

なんとか心理カウンセラーの資格を取ってから、私はソウルを離れてひっそりとした地方都市に引っ越したの。廃れていく工業団地と路線の少ないバスターミナルだけのところに、新しい住み家を見つけた。地域の青少年センターで新しい仕事も見つかった。収入は前より減ったけど、家賃がそのぶん安くて慰めになった。結婚すると家が大きくなるというけど、私の場合そうではなかった。先輩たちは遊びに来て、それでも部屋が一つ増えたからいいじゃないって言ってくれたけどね。私が一人でもちゃんと過ごしてそうだからホッとしたと、あと羨ましいとも言っていた。先輩たちが結婚生活について話しているとき、私も言いたいことがたくさんあったけど、ただ黙って笑っていたの。

屋上のすぐ下の、ほこりだらけの事務室が私の仕事場だよ。私はなんでいつもほこりを連れて回るんだろう……。窓が黄色い色付きのガラスで、いつも昔の映画を見ている感じがするから気に入ってる。何度も洗われたようで、もはや元の色がわからなくなっている淡い色のカーテンも。

知ってる？　地方都市の青少年、とくに廃れた工業団地がある地域の青少年たちってソウルにいる子たちよりもずっと絶望の濃度が濃いんだよ。私の選択は間違ってなかった。基本的にはまじめに話を聞いて、しょっちゅう夫を活用することもできたからね。

「この変なヤツは何ですか？」

初めは子どもたちも夫を警戒していたの。

「あれはね、瞑想のときに使う木像だよ」

私は慌てて適当に言い繕った。

「へえ、そうなんだ」

信じてたんだよね、ほんとに。子どもを騙すのってこんなに簡単なんだ、とむしろこっちが信じられなくてさ。でも夫が本当の木像みたいに変わっていってホッとした。濃い目の絶望を規則的に摂取していくうちに木質化していって。茶色でもなく灰色でもない結晶ができはじめて、重くなった夫の足がついに地面に着いてきたわけ。景観にまったくコストをかけていない屋上は、緑らしきものはひとつもなく、こぶしぐらい大きな石ころだけが敷かれていて殺伐としていた。そこに夫を立てておくと、少しは景観がマシに見えてね。まるでこの屋上に立っているために夫がこの世界に来たような気さえしたんだよね。よく似合ってた。夫の後ろからは遠くに湿地が見えるけど、水が汚いのかな。渡り鳥が痒がっていたんだよ。事務室にいると夫のところで休んでいる渡り鳥の鳴き声が聞こえてくる。天井からコロコロ、クェクェ、コロクェ、コロクェみたいな音がするの。最初はちょっとかわいいなと思ってたけど、だんだんうるさくなってね。私が屋上に行ったらすぐに逃げるのもなんか腹立つし。釜山《プサン》でかもめにやったみたいに、えびせんをあげてみようとしたけど、全然食べないし。お菓子を指の間にはさんで夫と一緒にずっと立っていてみようかとも思うけど、結局私は腕が痛くなって、鳥たちはお腹が痛くなるだけだろうね。

夫は黙って私の隣にいてくれるし、仕事もそれなりに満足できた。この前は地域新聞からの取材も受けたの。

「いい成果を残されているんですよね。何か秘訣はありますか？」

記者に聞かれた。

「さまざまな角度からアプローチしています」

夫を背景にインタビューの写真も撮ったの。

夫は一言もしゃべらなくなったけど、ちっとも寂しくなんかない。夫婦って時間が経てば自然とそうなるものだし。たまに相談室を閉めてから屋上に行って、夫を横にさせてみることもある。小さな声で腕枕をしてほしいとねだることも、絶望が固まってしっかりと硬くなってきた体の上に横たわってみることもある。美しい結晶、濃い形状、私の運命の相手を抱きしめて空の下に……。髪は伸ばさなかった。頭皮に伝わる湿気を含んだ風が気持ちよくてね。

いまの屋上は、飛び降りたところで死にはしない高さなの。もう飛び降りたいとも思わないしね。

だけど、あなたは、私の後任として入ってきたというあなたは、おそらくあの屋上にしょっちゅう行くんだろうね。どうして私があなたに妙な責任を感じているのかわからない。でもはっきり言えるのは、同情ではないということ。同情って気持ち悪いもん。ただ、『閨中操女秘書』をあげるとしたら、あなたしかいないと思った。あなたは間違いなく泣くはずだし、泣くとしたら雨が吹き込んでこないいちばん奥の室外機に腰をかけて泣くだろうから。あなたのピアスや指輪、ライター、携帯みたいなものが落ちて、室外機の下に入ればいいのに。その下に、私が防水処理して貼っておいた手紙と秘本が見つかるようにね。

あなたなら理解できるはずだよ。すべてのラブストーリーは、実は絶望にまつわる話だっていうことをね。お願いだから見つけてほしい。私と私の先輩たちの話を。あなたの運命の相手を。あの地獄から抜け出させてくれる奇妙な手段を。

屋上で会おう、シスター。

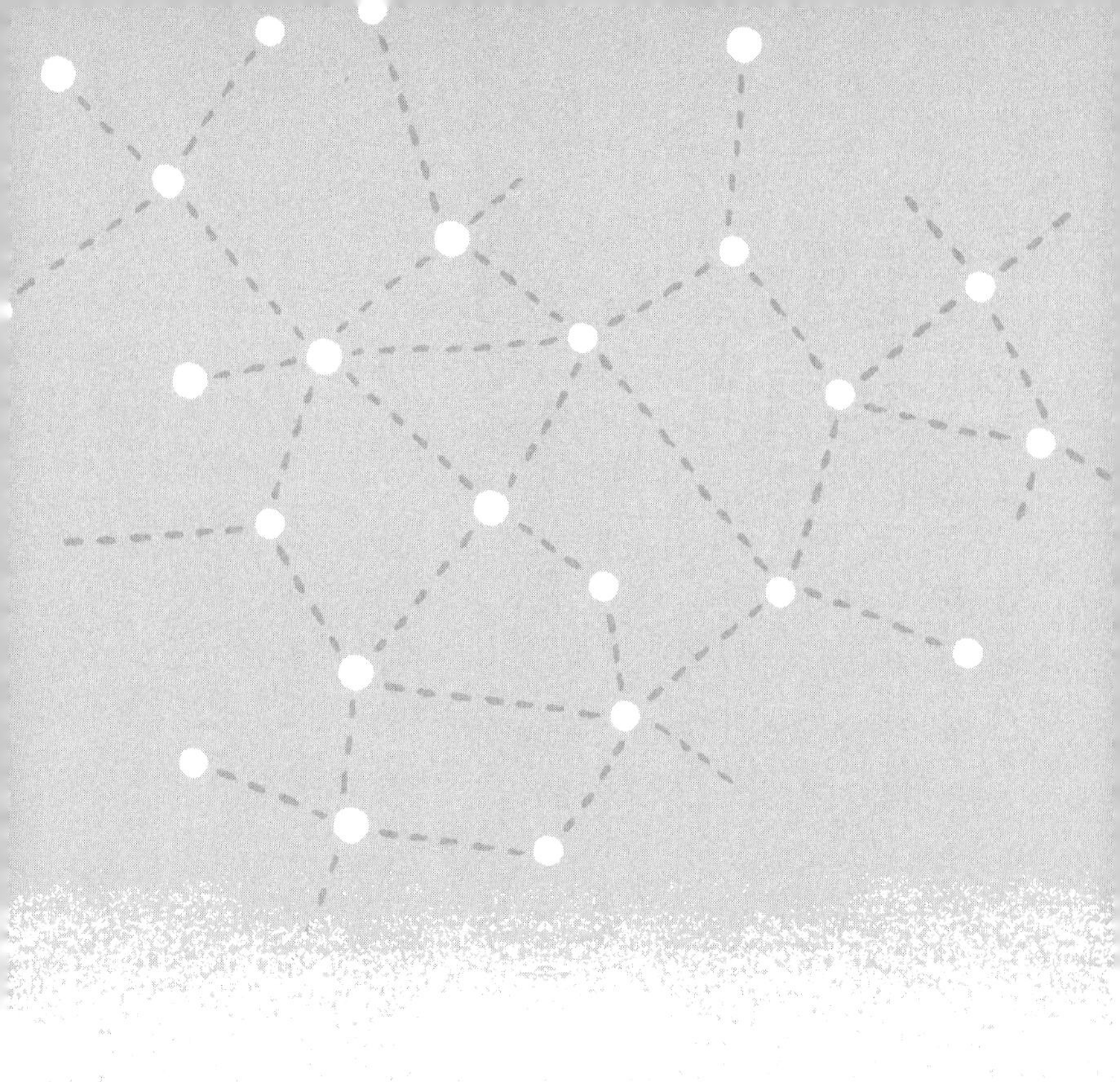

# ボニー

姉が死んだ。

突然、いきなり、一瞬にして、思いがけずに、瞬く間に、ただ、ふと、あっという間に、さっと、急に、ぱっと、むなしく、はたと、突発的に、だしぬけに、刹那《せつな》に死んでしまった。

「違う名前にしてればよかったかしら」

葬儀場で母に呆然と聞かれて、父は黙り込んでしまった。姉の名前は甘皮《ボニ》だった。栗の内側にある薄い皮。半透明の粉がふいてきそうな名前だった。母はいまからでも、姉の名前を栗皮《ユルビ》に変えたいらしい。私は何も聞こえていないふりをして、喪服に似合わない茶色い髪をいじくっていた。姉は髪を染めなおす時間さえ与えてくれなかった。立ち上がろうとした父がふらつき、片隅で物悲しそうに座っていた叔父たちが駆け寄った。姉の会社の人たちが来たらこの場所を離れるつもりだった。

姉の死を知らせたほうがいいだろう。いくらなんでもSNSで知らせるのはあんまりだと思ったけれど、一応ログインしたままの姉のアカウントに訃報を書き込んだ。携帯のメッセージを送ったのは、ギュジンとメージにだけ。他の友達は呼ぶ気になれなかったし、あの二人は姉ともずっと前から知り合いだから、二人にだけは声をかけたほうがいいだろうと思ったのだ。

葬儀場の外は寒かったが、ビニールのように風をちっとも通さない喪服のおかげでなんとかしのげていた。袖がさっきから不自然に膨らんでいる。急に寒くなったり熱くなったりすると突然死が増えるらしいし……。なんとかこの状況を理解しようとこんなことをつぶやいてみた。三十六時間前には、姉が生きていた。気温差なんかのせいにして受け入れられる話ではない。ひどく汚れたベンチに座って身体を前後に揺らしながら友達が来るのを待つ時間が長く感じられた。ひどく長い時間に思えた。

「何か習い事でもしないとね」

「……本気で言ってんの？」

「みんなも外国語とか水泳とかダンスとか習いにいってるんだし」

「会社の人たちが？」

「刺激がないとやっていけない仕事だからね」

何かを届けるとかで姉の会社を訪ねるたび、チーム長だという人が同じハンチング帽を被っていて、ドン引きしたことがある。脂漏性皮膚炎にかかったっておかしくないだろうと思った。寝る時間もシャワーする時間もなさそうだったのに、いつ習い事をしてるんだろう。競争の激しい業界だから、競争好きが集まっているのかもしれないけど。

「あのハンチングおじさんも？」

「ううん、チーム長は家にさえあまり帰ってないから。でも先輩たちは仕事の合間合間にいろんなことをやってるんだよね」

「次元が違いすぎる」

「というよりじっとしていられないんだろうね、みんな」

偶然こんな会話を思い出したのだが、これが私たちの最後の会話ではなかった。最後にはどんな会話をしたっけ。どんな内容の話だったんだっけ。ベンチから変な臭いが漂ってきた。景観のために植えられた木には、死んだジョロウグモが何匹もぶら下がっていた。

さっきから前髪が目に刺さる。私はついに思い出した。

ネットショッピングをしていたとき、マウスをスクロールさせながら、私は姉に背を向けたまま聞いた。

「いまから裏起毛のレギンス買うけど、お姉ちゃんも買う？」

「買う」

「どんな色？」

「黒がいいな」

「足先まであるやつ？　ないやつ？」

「ないやつ」

生き返って。こんなどうでもいい話が最後だなんていや。突然涙がこみ上げてきて、イノシシのような声を上げながら泣いた。姉は死んだのに、裏起毛のレギンスがいま配達中だという。

ねえ、ボユン、と困ったような声で肩を揺すられ、鼻水を垂らしたまま顔を上げると、ギュジンとメージが立っていた。

「知り合いが数年前から造園会社に勤めてたんだけど、別にすごく暑い日でも、ピークで忙しすぎたわけでもないのに……ある日の早朝に突然倒れて自分が担当していた霊園に入ったんだよね」

黒々とひげが伸びているギュジンが言った。ＩＴ会社に勤めている彼は、本人だっていまにも死にそうな顔色をしていた。どんなつもりでこんな話をしてるんだろう。姉みたいに死んだ人がほかにもいるんだ。で、それがどうした？　メージが私の代わりにギュジンを止めようと腕をとったが、それはそれで目障りだった。メージに黒い服がないのはわかっていたが、代わりに着てきたものはあまりにも丈が短く、体にぴったりしすぎているのだ。メージが行ったり来たりするたびに、弔問客の視線が彼女に集まった。メージの動きはダンスをするがごとく、そのリアルなボリューム感はなぜか耐えがたく、それにひきかえ姉の棺はひどく小さくてうすっぺらいものでも間に合いそうな気がして……。

「ほかにもいる？」

だしぬけにこんなことを聞くと、二人はきょとんとした。頭と舌がうまく連動せず言葉がなめらかに出てこなかったが、もう一度聞いてみた。

「あんたはどう？　突然死んだ人、誰か知らない？」

私はメージのほうを見た。

「伯父さん。神経外科の専門医だったのに脳出血で死んだの。信じられないでしょ？　一階下のレジデントに電話をかけて、頭が痛すぎるから早く来てほしいと言ってたらしいけど、手遅れだったんだって。すぐ亡くなったってわけじゃないけど、それからしばらくしか持たなかった」

　メージは空虚な味がするユッケジャンスープをスプーンでかき混ぜながら言った。そのとき、さっきから脱げない靴と格闘していた人がようやく宴会場に上がり込んで挨拶をした。誰だろう、と思った。ハンチング姿ではないチーム長はまるで別人のようだったのだ。姉の会社の人に会ったらムカつくだろうと思っていたのに、へとへとになっている顔を見てすっかり気が抜けてしまった。

　ギュジンとメージは、次の日にも来てくれた。出棺は早朝に行われ、碧蹄《ピョクチェ》の火葬場まではバスで三十分もかからなかった。火葬炉にはひとつずつ番号が振られていて、姉に当てられたのは二十二番。二十一番のおじいさんのところでは私たちより三倍も多い人たちが待っている。大往生だったのだろう。大人たちは若者をつかまえて結婚を急かすなり、泣き止んで一息つくなりしながら休んでいた。隣に比べてこっちは人数も少なすぎるし、泣いている母が気を失うのではないか心配でみんなガチガチになっている。姉は知っていたんだろうか。若くして死んだら、見送ってくれる人も少ないってことを。姉の細い骨は予定よりも早く焼き終わった。まだ温かいその骨が粉骨機に入れられ、粉に変わり果てていくのを見ていてつらくなった。姉をミキサーにかけるなんて。頭がおかしくなりそうだったけれど、母がいるから声をあげて叫ぶこともできない。メージと叔母が両側から私を抱きしめたが、慰めるつもりというより私を抑えているように思えた。

ギュジンが家の前にやってきたのは、それから二週間後だった。

「試験、受けないつもり？」

「受けたって無理だよ」

教員資格認定の試験をあと数日後に控えていた。ずっと前に受験の申し込みを済ませていたが、やる気などちっとも起きなかった。会場に行ったって席で泣いてばかりいるのだろう。姉が生きていたとしても合格は無理なはずで、地理教育科なんてそもそも合格者数が少なすぎるのだ。両親は姉にきれいなハングルの名前を、私には仏教系の漢字の名前を付けていた。そのためなのか、私は輪廻の輪をゆっくり回している地蔵菩薩みたいに長く生き延びている。りん、りん、りん、と輪が回っているのをぼうっと見つめながら。

ギュジンがカバンからタブレットPCを取り出した。

「こんなものを作ってみたんだけど……」

画面には、紺色の背景に白い点と点線がぽつりぽつりと表示されていた。点の下には人の名前と年齢らしき数字がコンマで区切られ並んでいる。画面の真んなかにある姉の名前がパッと目に入った。

「なにこれ」

怒っているわけではないのに、声に力がこもってしまった。

「俺もわかんない」

ギュジンが慌てて言葉をつづけた。

「君のお姉さんも俺の知り合いもそうだけど、何か間違ってる気がするんだよ」

サイトの名前は〈突然死ドットネット〉だった。十数人の名前は、ひとつだけぽつんと浮いているものもあれば、点線でつながっているものもあった。

「この点線はなに？」

「点線と点線の間に灰色の点があるでしょ？　あれは知り合いってこと。死んだ人同士が知り合いってこともあり得るから。どれぐらいたどれば知り合いが見つかるのかを記しておいたのさ。いまのところは俺と同じ業界の人間ばかりだけど。それでもちょっと多いよな」

じっと覗いてみてもよくわからなかった。

「なんでこれを？」

ギュジンが慌てて怪訝そうな私の目線を避けた。

「嫌な気持ちにさせちゃったらごめん。お姉さんの名前は消すから」

「そうじゃなくて、ほんとになんで作ったのかなと」

「俺たち、みんな一人ずつ知ってただろ？　それを集めて繋げてみたら、何か答えが見つかるんじゃないかという気がしたんだよ。俺、どうしても受け入れられなくて。俺だってこんな思いなのに、君は……」

「これって、地図なんだね」

私は姉の名前のところを軽くタッチしてみた。「イ・ボニ、32」。なんの変化も起きなかった。違うページでも表示されると思ったのに。

「まだ全然途中じゃん」


「キスマップみたいなもんでしょ？」

メージにそう言われたとき、私とギュジンはそれがどんなものかを知らなかった。聞いてみると、外国の若い子たちがよく作っているもので、キスした人同士を線でつなぎ、そのネットワークをどんどん繋いでいくのだという。似たものにペッティングマップとセックスマップというのもあるらしい。他所はこんなおもしろそうなものを作っているのに、こっちは突然死マップなんてね、と呆れてしまった。

「デザインも気に入らないし、情報も少なすぎるね」

メージの指摘に、ギュジンは別に気を悪くしていなかった。デザイナーをやっている知り合いの力を借りて、マウスポインターを合わせるとちょっとした情報が表示されるようにデザインを変更することにした。どんな情報を盛り込むか、その項目を決めることはなかなか難しそうだった。

「目的は？　みんなにショックを与えること？」

メージが大事なところを突いてきた。アーティストだからか、彼女にはこういう鋭さがある。メージの本名はイム・ヘジ。発音すれば「イメジ」なのと、子どもの頃から使っているＩＤがimaginationだったので、しかもそれがありふれた言葉といってもたまたま彼女のイメージにぴったり合っていたので、メージという名前は彼女のあだ名兼芸名になった。コンピュータ専攻のギュジン、地理教育専攻の私、現代舞踊専攻のメージ。それぞれがどんなことを学んでいるのか知らないまま、いまだに仲良しなのは不思議なことだった。

「じゃあ、ボユンと私で質問リストを作っとくね。どうせやるならちゃんとやらないと」

こういう判断力と推進力は、メージの最大の強みだった。

「ダンサーは突然死しない？」

私の質問にメージが笑った。

「あたしが知ってるやつらはみんな自分勝手だから大丈夫そうだけど、でもどうだろうね」

メージのやっていることは、ダンサーというよりパフォーマンスアーティストに近かった。彼女のグループにはダンスだけでなく、いろんな分野で活動しているアーティストが集まっている。私とギュジンは何度かメージの公演を観にいき、この頃はさりげなく逃げ回っている。メージが裸に絵の具をつけて走り回る姿は、確かにものすごく印象的で大事な意味がありそうな気がしたが、凡人が理解するには、多少無理があるようにも思えた。

サイトは速いとも遅いとも言えないそこそこのスピードで広まっていき、そのうちに自動登録システムの弊害を思い知るようになった。突然死の定義に当てはまらないケースがたくさん登録されたのだ。私たちは突然死の定義を何度も確認するようになった。

---

とつぜんし【突然死】
《名》 健康そうに見える人が予期なく死ぬこと。心臓が止まる、本人も気付かないうちに進展した疾患の症状が出現するなどで発病後二十四時間以内に死亡に至る。
「参考語彙」とっぱつし【突発死】

---

間違って登録されたケースはほとんど事故死に該当するものだった。交通事故、墜落、感電に、台風で落ちた看板に当たって死んだとか他殺が疑われるケースとかもあった。突然の死であることは間違いないが突然死ではないので、私たちは手短なお知らせメールを送り、データを削除した。誰かを失っている人にそんな連絡をするのは、できるだけ避けたいことではあった。

「冷静にならなきゃ。慰めるのが目的じゃないんだから」

削除したほうがいいかどうか迷ってしまうケースも少なくなかった。工事現場でアルバイトをしていた大学生が友達の死を登録していたが、その友達は足場から落ちる直前に、めまいがすると訴え、呼吸困難の症状を見せていたそうだ。

「でも決定的な死因は墜落でしょう?」

メージはそう言っていたが、この件はいったん保留しておくことにした。画面に「ホ・ワンス、21」と白い文字が表示された。

慰めるのが目的ではなかったのに、ユーザーは別のユーザーから慰めを受けているようだった。一人の自殺は、六人ほどの人生を大きく変えるらしい。だとしたら、一人の突然死は、何人の人生を揺さぶるのだろう。

ユーザー同士で簡単なメッセージのやりとりができるように新しい機能を追加した。

初めのうちには三十代以下の人ばかりが登録されて不思議に思った。そのうち四十代、五十代の登録が増え始め、三十代に突然死が特別多いのではなくアクセシビリティの問題だということがわかった。

「飲み会の翌日、夫が起きられなくなりました。十一時ぐらいに帰ったのかな。それほどたくさん飲んでもなくて。なのに、そのまま起きられなくなりました。もしかしたら夜のうちにちらっと何かあったのに、私が気がついてあげられなかったんじゃないかって、ずっと気になってます」

どこかで一度は聞いたような話が淡々と続き、それを読むのはいつもしんどかった。理由もなくただ起きられなくなった人（キム・ヨンヒョン、54）、会社のスポーツ大会中に倒れた人（ホン・ゴニック、55）、高校時代の友達と山に行って倒れた人（チョン・ムンギュ、50）、夕食中に胸の痛みを訴えてきた人（イ・ハギョン、58）……姉と似たようなケースばかりだった。

姉は残業中に身体に異変を感じ、自分の手で救急車を呼んだという。姉が最後まで会社に残っていたので、誰かに助けを求めることもできなかった。誰もいないのに、それでも姉は大きい声ひとつ出さなかったのだろう。そんな人だった。救急隊員がやってきたときも、ここですと軽く手を振っただけなのかもしれない。

国際がん研究機関の調査によると、深夜労働の発がん性リスクは五段階分類で二番目に高い。もしそうだとしたら、突然死の原因としては何番目ぐらいになるのだろう。姉は入社してから毎日残業をしていたが、みんなも同じぐらい働いていて目立ちようもなかった。

「そこまでやる必要ある？　扶養家族がいるわけでもないのに」

いつかこんなことを聞いたことがある。私はきっと渋い顔をしていたのだろう。自分に姉ぐらいの能力があったとしても、姉みたいには生きたくない。そんな顔をしていたと思う。

「変な話、愛されてる感じがするの。クライアントからいい反応が来たり怖い上司から褒められたりすると、もうキャリアも長いのに涙が出るんだよね。愛情たっぷりに育てられたのに、なんでそういうときにようやく満たされたような感じがするんだろうね。ほんとに変よね。壊れてるのかも」

私には理解できない感覚だった。姉とは違って私は、満たされる感じを誰かに与えることも、誰かから与えられることもなかったから。この世のなかには、姉のような人間さえいれば十分なはずだ。私のような人間はこの世でそれほど重要なパーツではないはずだとずっと昔から思ってきた。

小さい頃から学習能力が高かったか、長男や長女もしくは兄弟のなかで特別に責任感の強いほうだったか、家庭内で経済的扶養の責任が大きかったか、という内容を質問リストに追加した。


段ボール箱の工場で酷使されていた外国人労働者が、ルームメート四人と一緒に使っていた小さな部屋で息をひきとった。段ボール箱を誰かが一日十六時間も働いて作っているとは知らなかった。段ボール箱なんて機械で勝手に作られるものだと思っていたのに、人の手によって作られ、それを作っていた人間が死んでいく。インドネシアからきた「シギト・レスタル、28」の名前を登録するために入力スペースを広げた。

誰が見ても肉体的負荷がかかりそうな仕事に続き、一見そうは見えない環境で働いていた人も登録され始めた。美術監督（チョン・チャンミン、39）、モデル（チョン・ダイン、24）、パン職人（ユン・ヒスク、40）、記者（ペク・ヒョンミン、48）、出版編集者（シン・ミヘ、32）、プロデューサー（キム・ジョンウン、56）、彫刻家（チョン・ギジン、49）、シナリオ作家（パク・ギョンウン、37）……。

「このモデルは摂食障害でもあったかな」

「どうだろうね。まったく別の理由だったかもしれないけど」

「このパン屋、知ってる」

メージがため息をついた。

「ドライフルーツの入ったカンパーニュがおいしかったの。一人でやってたから大変そうと思ってたんだよね……移転したか臨時休業中だろうと思ったら、亡くなってたんだ」

「会社人間じゃなくても死ぬんだな。何が彼らを追い込んだんだろう」

ギュジンがモニターを見ながら言った。

「生計じゃない？」

メージが尖った声で答えた。

「会社って基本悪だけど、鎧《よろい》になるときもあるもんね。組織を持たない人間は、ただ一人、丸腰で世のなかと戦わなきゃいけないから」

これはメージ自身の話のようにも聞こえた。メージは公演を行うため、公演の準備をするよりもずっと長い時間をダンス講師の仕事に費やしていた。ダンサーとしての活動と生計とのあいだでバランスを取ることは、素人の目にも大変そうだった。いつか足首をケガして、講師の仕事を失ったことがある。幸い後遺症は残らなかったが、もし長引いていたら大変なことになっていたかもしれない。

「生徒はかわいいし、ほんとに好きなんだけどね……でも、見ていると息がつまりそうになるの。このなかで仕事としてダンスしながら生きていける子は何人いるんだろう、と思ったりして。いつも同じようなことばかりを教えながら、あたしってあと何年生き延びれるだろうとか思うんだよね」

「でもメージには輝く瞬間があるじゃん」

私がそう言うと、メージが笑いながら私をにらんできた。

「あんまり観にきてくれないくせに」

「服をもう少し着てくれたら行く」

「ほんとにつまんない子ね」

「そうかも。私なんかと比べたらお姉ちゃんはずっとおもしろかったのに。仕事も楽しそうにしてたし。なんでつまんないほうが生き残っちゃったんだろう。おもしろさがお姉ちゃんを飲み込んじゃったのかな?」

「お姉ちゃんってどんな仕事やってたんだっけ」

「デジタルマーケティング。会社の花形部署で、抜擢されて成果もいっぱい出せたって。他所では言わなかったけど、私にだけこっそり自慢してたの」

新しい農法を研究中だったという若手の営農家（ヤン・ギュファン、33）と実験室で倒れたという大学院生（シム・ジンソン、35）の登録内容を検討してからアップロードを済ませ、ログアウトした。

背を向けて座っていたギュジンは、突然死した新生児のためキラキラ光る小さなアイコンをひとつ作成した。

いくつかの要因が際立つようになった。過労、ストレス、人格否定、劣悪な仕事環境、競争から始まって搾取で終わる業界の雰囲気、発見が遅れた病気、運動不足、飲みすぎの文化……だけど誰もがこのようなケースに当てはまるわけではなかった。どうしても死因がわからないというケースも少なくない。文字どおり、突然死んだのだ。前兆もなかったうえに、それらしい理由も見つからなかったせいで、残された人間はその死をどう受け止めればいいかわからない。

遺伝子に爆弾でも埋め込まれていたのだろうか。それとも心臓が疲れ果ててしまったのだろうか。三人で悩み、また一人で悩み、ある日はまったく悩まないこともあった。カエルだって一定数は理由もなく死ぬのかもしれない。ラクダやコウモリやワニやタコだってそう。人間だけがその自然な淘汰を受け入れられず、泣き叫んで、こんな意味のないことをしてしまうのかもしれない。このようにすべてから一歩下がって物事を眺めている気分になるときもあった。

姉は淘汰されたのだろうか。姉は人類という種から切り捨てられた一部なのだろうか。カタツムリの粘液のようにあとに残されてしまったということだろうか。

家に帰ると、姉の歯ブラシを捨てた。いつもそこにある歯ブラシを父や母も毎日見ているだろうに、誰一人捨てようとしなかった。私にしかできないことだろうと思って捨てた。しばらく様子をうかがったが、誰も歯ブラシについては触れなかった。

その暗黙の承認に乗っかり、あっちこっちに散らばっている姉のものを隠し、捨て、片付け始めた。姉の部屋に入るといつも涙のにおいがした。するはずのないにおいを嗅いでいる自分にも問題があるのかもしれない。でも外出先から帰って部屋に入ってみると、間違いなく涙のにおいがした。父か母かが姉の部屋で泣いているのだろう。潮風のにおいとは違う、悲しさがかすかに伝わる動物性の塩のにおいがして、部屋に入る前にはつねに心の準備が必要だった。


だいたいはギュジンの家で集まった。両親がギュジンだけを置いて田舎に戻ってしまい、家はいつもがらんとしていた。最初のうちは、家に上がるたびにそわそわしていた。幼なじみといっても集まるのはいつも近所のビヤホールで、それぞれの家で遊んだことはなかったのだ。外で毎回集まるには三人ともお金がなかったので、結局はギュジンの家が私たちのアジトになった。生活感ゼロの家なので、プライベートな空間にお邪魔するという感じはあまりしなかった。

ギュジンは中学のときから老け顔で、いまでも老け顔をしているし、あと十年は余裕で老け顔だろうと思う。カサカサした肌に、いつも疲れているような顔。学校の昼休み時間にもその顔で、他の男子たちと運動したりすることなく私たちと一緒に遊んでいた。すぐにシャワーが浴びられないところで汗を流すことを嫌がった。

「良くもないけど悪くもないよ」

おそらくメージと私が、ギュジンに最もよく聞かされたセリフだと思う。ミニスカートはいたら何か言われるかな？　まぶたの腫れ、だいぶよくなってる？　このカラーリング、やりすぎ？　この帽子買ったほうがいいかな？　彼氏へのプレゼントにこれってステキだと思う？　ギュジンは私たちが何を聞こうと、椅子にもたれかかって「良くもないけど悪くもない」と答えた。なんとなくうつってしまう彼の口癖のように、ギュジンの性格はクリアで客観的で、何事にも熱くなりすぎることはなかった。そんなギュジンを見ていると、私たちが突然死しないで済んでいるのは、熱く盛り上がることがないからだという気がしないでもない。それでギュジンに、

「君のお姉さんにコクってフラれた」

と言われたときは、仰天してしまったのだ。

「いつ？」

驚いたそぶりを見せずに尋ねようとしたのに、今度も声が思うようにはならなかった。

「大学二年のときに」

姉とギュジンは同じ大学に通っていた。ギュジンが二年のときなら、姉は、休学から復学したときだったのだろう。違う大学に通っていた私は、二人がそれほど仲良くしていたことを知らなかった。

「毎朝同じバスに乗ったんだ。帰りも一緒だったし」

「偶然に？」

「お姉さんはそう思ってたんじゃない？　俺、待ち伏せてたんだよ」

「よりによってなぜお姉ちゃんだったの？」

「麺を食べるときにできるえくぼがとってもかわいかった」

姉のえくぼを思い浮かべてみた。笑うときでもなく、泣くときでもなく、ほとんど食べるときにしか見られなかった食欲まる出しのえくぼを。

「お姉ちゃんはなんて？」

「慌ててたよ。俺を傷つけないように必死になって」

「お姉ちゃんらしいね」

「お姉さんがもう少し年を取るのを待ってたんだけどさ」

「またコクるつもりだったってこと？」

「もちろん。お姉さんが三十五歳になったら。雑誌で読んだけど、女性はその年頃になると心が弱ってミスが増えるって」

「それを狙ったの？　ミスするのを？　その前に他の男でも現れたらどうするの？」

こんな話、いまではなんの意味もない仮定だった。

「まあ、渓谷に筌《うえ》をしかけるみたいな計画だった。もし成功したら、君は祝福してくれた？」

ギュジンが笑顔で聞いた。声も出さずににこにこ笑うこの表情を見るのが久しぶりだということに気付いた。姉はしっかりしていそうで実はマヌケなところがあったので、ちっちゃな魚のように、その筌に引っかかっていたかもしれない。

「どうかな……良くも悪くもなかったかも」

ギュジンをマネして言うと、今度は声をあげてゲラゲラ笑った。それに釣られて笑いつつ、ふと一緒に並んでいる二人の姿を想像してみた。その日は何度も何度もその光景を頭のなかに描いてみようとした。描けるようで描けないようなその光景を。とにかくギュジンに感じていたある種の負い目から解き放たれた。私のためにこんなサイトまで作ってくれたのかと、無意識のうちに後ろめたさを感じていたが、姉のためなんだということがわかって心がスッと軽くなった。こんなに面倒なことを友達のためにやっていると思うと気が重くなるけど、好きな相手のためと思ったらすんなりと理解できる。ボニ、年下にモテたんだね。私が名前で呼ぶたびに、姉は怒ってプルプル震えていたけれど、もういないんだし、私の勝手だし。

笑うたびに、心の奥に溜まっているぞっとするものが、数グラムでも発散されたらいいなと思った。

少しばかりギュジンに負い目を感じなくなると、今度は世のなかの人たちに負い目を感じることになった。〈突然死ドットネット〉が一種のアートプロジェクトだと訴えて、メージが政府からの支援金を取り付けてきたのだ。

「支援金をこんなにばら撒いていいわけ？　私たちなんかになんで？」

もし自分が税金をいっぱい払っている側の人間なら腹が立ったかもしれない。まじめに税金を払っている人間として悔しくないのかというまなざしをギュジンに向けてみたが、彼は何も言わなかった。状況を推しはかっているようだった。

「ばら撒いてなんかないよ。もともとアートというものはね、やっている人間がアートです、と言えばアートなの。あたしのポートフォリオがよかったから助成金が下りたってこと。あと、これって意味のあるプロジェクトなのは間違いないもん。これより意味のあることなんてそうそうないと思うよ」

メージは得意げに言った。バラエティーに富んでいるメージの派手なポートフォリオに並べてみれば、確かにそんなに違和感はないのかもしれない。

「このお金で何する？　何しようか？　何がしたい？」

興奮しているメージの横で、ギュジンが言った。

「よっしゃ、サーバーを移そう」

「サーバー？」

「実はいままで知り合いのサーバーにタダ乗りしてたんだよ。そろそろ移さなきゃ」

ギュジンの言葉にメージも冷静さを取り戻した。

「二カ月後に展示会を開かなきゃいけない。VRとかARとかそういうものを取り入れてみようよ。このままだとちょっと地味だもんね。できる？」

「知り合いにできる人がいるから連絡してみるよ」

登録数が増え、ネットワークもだんだんと確かな形を帯びてきた。平均して三・五人を介すれば、白い名前同士がつながる。遺族の了承を得て、亡くなった人たちのSNSアカウントのフォロワーと友達リストをデータに組み込むとこういう結果となった。とはいっても世間は狭いばかりではないらしく、誰ともつながらずひとつだけぽつんと端っこに表示されている名前も少なくはない。

お金をもらってきたメージと人手を借りてくるギュジンに頼りっぱなしだと面目がない。私に何かできることがないかと悩んでいたら、メージがさっそく解決策を示してくれた。

「ボユンがインタビュー担当をやったら？」

「インタビューって？」

「わからないけど、広報活動に必ず参加しなきゃいけないんだって」

プレスリリースが配信されると、なぜかこのプロジェクトへは反響が大きく、四回もインタビューを受けることになった。記事は短いものがほとんどだったが、週刊誌のインタビューは一ページ構成になるとのことだった。顔から賢さがにじみ出ている記者を見て、姉を思い出した。ちっとも似てはいなかったけれど、集中したときの表情が姉にそっくりだった。

「つまり、労働問題に関心があるんですか?」

「いや、ものすごく興味があるわけでは……」

「この作品で伝えたいメッセージがあるはずですよね?」

「メッセージですか? いや、特にそういうものがあるわけではなくて……」

表情ひとつ変えなかったけれど、失望の色が彼女の顔をよぎっていった。被害妄想なんかではなくて、本当に。

「では、どうしてこれを始められたんですか」

「姉が……」

ようやく記者の目が輝きはじめた。この先は私が何をどう言おうがどうでもいいことだった。記者は悲劇を乗り越えて立ち上がった若者たちが、社会に目を向け、立派な仕事をやり遂げたと書き、社会における根深い搾取の構造を、点線ながらも暴き出すことに成功したと評価し、最後は近年の若者は無気力だと嘆く上の世代の誤解は、そろそろ解消されるべきではないかと記事を締めくくっていた。私の発言は子音ひとつ、母音ひとつ使われなかったけれど、記事は私たちでさえ読んで感動してしまうほどの代物になっていた。

「あのグダグダな話をよくもここまでピシッとまとめてくれたね」

二人にからかわれ、反論はできなかった。もう二度と会うことはないだろうが、あの記者があの特有の表情で元気よくあちこちへと飛び回れますようにと、ときどき応援する気持ちで思い浮かべることがある。

展示のギリギリになって完成した〈3D 突然死ドットネット〉は、思っていた以上にきれいだった。ギュジンの知り合いが腕を振るって、馬頭星雲のようなデザインにしてくれたのだ。円形に建てた展示会場の仕切りに沿ってVR機器を設置し、客が自分で装着して体験できるようにした。公開前日の誰もいない会場でゴーグルを被ってみた。歩き始めてすぐに、真んなかあたりでキラキラと輝いている姉の名前を見つけることができた。周りとの関係性から自然とこの座標になったのか、ギュジンが姉を中心に据えて〈突然死ドットネット〉を作り上げたのか、そんなことが軽く気になった。

二十一世紀に死ぬ人間はみんな、最終的にはデータになるんだろうと思ったりもして。

反響は意外と、文化芸術系より医療系からのほうが大きかった。資料を求めるメールが押しよせ、メージが口を尖らせた。

「資料送れって、あたしに預けておいた資料でもあるわけ!?」

ぶつぶつ言いながらも断りはしなかった。資料の要請は内科から、家庭医療科から、神経科から、精神健康医学科から、救命救急科から、環境医学科からもあったが、各科が各科なりに持っている資料への補足用にと思っているようだった。サイトのユーザーは、情報提供要請があるたびに同意していたが、それはどんなものであれレスポンスがほしかったからで、みずから研究者に直接会いにいく人もいるらしかった。

その過程で新しい情報を得ることもできた。危険な不整脈や風邪と間違われやすいウィルス性肺炎、見落されがちな脳出血の前兆……。アレルギー性鼻炎薬に関する集団訴訟を起こしている市民団体にも資料を提供した。その薬は服用者の心臓の筋肉を傷めつけてしまうのだという。他のことではそれほど影響されなかったのに、この日だけは無性に姉の部屋をあさりたくなった。引き出しから、ハンドバッグ、化粧品のポーチ、ジャケットのポケットまでを隈なくあさった。姉もアレルギー性の鼻炎持ちだったのだ。季節の変わり目になるたびに苦しみ、鼻をかみすぎて肌が荒れ、もう我慢できなくなると薬を飲んでいた。夜中まで部屋をあさり、リビングにあった常備薬の箱まで部屋に持ってきて確認してみたが、薬は見当たらなかった。疲れはてて姉のベッドに寝転がるときまでも、その薬が見つかってほしかったのかどうか、自分でも確信が持てなかった。

いつもこうしてうつぶせになっていた。自分の部屋もあるのに、いつもこうして仕事中の姉の後ろでごろごろしていたのだ。姉も嫌がってはいなかったけれど、外から戻ってきたままベッドに横になるとひどく慌てていた。鼻炎持ちだからふとんの清潔さには敏感なんだと咎められたが、ときどき姉を怒らせるためにわざとやったこともある。夜中にこうしてベッドに汗やほこりや鼻水をつけているところを見たら、姉は天国でもあたふたしているだろう。

多国籍リサーチ会社から〈突然死ドットネット〉を買収したいと大金を提示されたときには、私たちは二日ぐらいそれぞれの顔色をうかがってばかりいた。大金といっても、私たちにとっての大金だった。野心と野望のある若者なら鼻で笑っただろう。私たちはしょせん、退職を夢見るプログラマー、パフォーマンスアーティスト、教員採用試験の浪人生である。そのことは何がどうなっても変わらない事実だ。

「あたしはどっちでもいい。お金を稼ごうとして始めたわけでもないんだし」

そう言ってはいたけれど、メージはそのお金で新しいことを始めたいと思っているようだった。このダンサーの友達は、人生の新しいページをあっさりとめくってしまえるタイプなのだ。

「君はどうしたい？」

ギュジンが聞いた。私が姉に代わって返事ができるかのように。

「私は」

何かを考える前にこんな言葉がとっさに口から出た。

「もうやめたい」

いつからだったんだろう、この活動をやめたいと思ったのは。〈突然死ドットネット〉が、目には美しく映るけれど実は致命的なガスで作られた恒星に思えてきたのだ。どんどん大きくなっているのに、ゆるい雲でできているものだから軽いはずだとみんなは言う。なよなよした私にとっては、これほど重いものもなかったのに。

「そうか、もうやめたいんだ。じゃあ、今後は俺ひとりでやるから」

ギュジンを管理者にするという条件付きでサイトを売却し、三人でお金を分け合った。あいにく正社員から契約社員になったギュジンは、どうせひと休みするつもりだったと何食わぬ顔で言っていた。これで一件落着したが、念のためどうしても担当者に聞かずにはいられなかった。

「商用利用するつもりではありませんよね?」

担当者が鼻を鳴らして笑った。

「契約書どおり、用途変更はしません。リサーチ用です。こんなに暗いサイトでは商売もできませんよ」

三人とも納得してしまった。

「これから何するつもり?」

ギュジンの家のリビングで横になっていたメージが聞いた。

「何しようかな。また暗いものでも作ろうかな」

私が適当に答えると、二人は小さく音を立てて笑った。暗いという言葉は、しばらく三人の間で流行語になりそうな予感がする。

「やってて死にはしないことをしたいな」

「ある? そんなこと」

「……じゃあ、やってて死んでもかまわないことをしたいな」

みんな黙り込んでいたが、やっていて死にはしないことと、やっていて死んでもかまわないことについて、またはその両立可能性について考えているらしかった。

暖房があまりきかない床、メージの隣で横になった。目配せをするとギュジンも横に並んだ。肩を並べてしばらくじっとしていたとき、鼻をひくひくさせて両側のにおいを嗅いでみたが、涙のにおいはしなかった。三人でこうして横になっていると栗の黒みがかった皮とパサつく甘皮のあいだに横たわっている白い栗虫になった気分がした。

聞こえてきた、気がする。あの瞬間に。

私たちのあの痛々しいネットワークに白い点が登録される音が。

# 永遠にLサイズ

女は男が戻ってくる二カ月前に死んだ。夜十一時頃に乙支路《ウルチロ》の古い地下通路を渡っているときのことだった。三つに一つは壊れている照明を見上げながらソウル市のことを罵った。ソウル市には自分の死に相当な責任があると思った。市民の便宜のため横断歩道を増やした市が、もう要らなくなった地下通路を閉鎖してさえいれば、女はこうして死なずに済んだのかもしれない。地下通路をコンクリートで埋めてさえいれば……。

わざわざこの地下通路を通らなくても、他にも三つの、いや、四つのルートがあるはずだった。死を待ちながら、女は後悔した。水が漏れているのだろうか、湿気のためだろうか、地面がところどころ凍っていて動くたびに足が滑ってしまう。意味のないことだと思いながらも、ずっと先にある黒い半球のプラスチックで覆われた監視カメラを、切実な思いを込めて見つめていた。脈が上がり、呼吸が苦しくなった。むしろ早く意識がなくなればいいのにと思ったが、残念ながらそんな願いが叶うはずもなく、冷たいタイル張りの壁に押さえつけられた背中がただただ痛かった。
ろを。〈それ〉は女の胸を啜《すす》っていた。乳輪より三センチばかり上の肉付きのいちばんいいところを。夢中になってがっついているというよりは、初々しいカップルがキスマークでも付けているのかと思うほどぎこちなく、鈍い動きだった。もう同じ場所を三十五分ぐらい啜っている。映画みたいに首すじを啜ったら話が早いだろうに、女性はどうして胸なのか理解できなかった。激しくも、苦しくもなかった。貧血のようなめまいや胸のむかつきといった症状があったが、とにかく退屈だった。

〈それ〉は方言交じりのかわいいしゃべり方で、バス停を教えてほしいと言った。ソウル駅が終点の循環バスのせいで何が何だかわからないと、もう二回も乗り間違えてバスの運転手さんに文句を言われてしまったと、目を細めて笑っていた。ファティーグパンツにワークブーツを履いている〈それ〉は、華奢《きゃしゃ》で幼い感じが女の好みではなかったけれど、それでもちょっとした優しさを見せたいくらいには魅力的だった。最終バスまでにはまだ余裕があった。残業中にずっと座っていたし、少しは歩いて足を動かしたい気もした。あと少しで死ぬことになるとは思わず、血液の循環を心配していたのだ。二十九歳だった。いくら小さな冒険でもひどい結末に至り得るということはわかっていたのに、死がこんなに近くにあるとは思ってもいなかった。どうして地下通路だったんだろう。ちょっとの間でも二人だけで暗い場所にいたいと、無意識にそんなことを思っていたのだろうか。女はいまさらながら自分の判断を省みていた。まだ整理の付いていない思いの欠片をいくら集めてみても、答えはノーだった。近道だからここを通っただけで、欲望とは無縁な選択だった。女が欲しているのはただあの男だけ。二十歳のときも、二十九歳になったいまもその思いは変わらない。

女は死ぬ前に男のことを思った。肋骨と横隔膜の動きに妙な違和感がある。ふっくらとした女のこぶしより一回りだけ大きい心臓が小さな痙攣を起こし始め、これまで大事にとっておいたものを取り出すように、女は男の記憶を呼び起こした。最後の瞬間には男のことを考えるだろうといつも思っていた。男と結ばれたとしても結ばれなかったとしても、隣に男がいたとしても別の男がいたとしても、結局最後には男のことを……まだ数十年ぐらい余裕があると勘違いしていただけで、女はずっとわかっていた。

確率でいうと、男のほうが死にやすい場所にいたはずだ。ドキュメンタリーフォトグラファーになると言っていたときに、そして紛争地域に向かったときに。予想はしていたけれど、男から送られてきた写真は想像をはるかに超えるものばかりだった。まるで水切りをしたかのように、銃弾で砂が飛び散る瞬間がリアルに写り込んでいる。銃弾は男を十度よりは大きく、二十度よりは小さい角度で逸れていったようだった。死をちらつかせるもので埋め尽くされている写真を見ながら、女は男を心配し、また寂しくも思った。一枚ぐらい私に直接送ってくれてもいいじゃない！　男はサークルのコミュニティサイトにだけ、ときどき写真をアップしていた。

ＯＢの集まりで会ったのが最後だった。女は男が海外に行くという話を聞き、デパートで買った自分では使ったこともない高級なリップクリームを男に渡した。相手の気を重くさせないうえに、抜群にセンスのいいプレゼントだと思った。その日の夜、男はソウルの空気によってすでに乾ききった唇で、女の額にキスをした。帰ったら連絡するね、と言ったときの声が、キスよりも好きだった。あの冷たい空気と熱くなった額が思い出された。あと二カ月待てば、今度は唇にキスをしてもらえたかもしれないのに、その瞬間のために生まれたっていうのに……寿命の残りがあと六分になり、女は悔しくなった。こんな悪い冗談のような人生になるとわかっていたら、あの夜、つま先立ちをしてでも彼の唇を狙えばよかった。

これ以上は耐えられないと思ったとき、〈それ〉はようやく胸から口を離し、ジャケットの内ポケットからフォールディングナイフを取り出した。女は濡れた地面に滑り落ちた。

ナイフは古すぎて、傷より破傷風を心配しなければいけないほどのしろものだった。女は不思議に思った。このまま放っておいたって死ぬはずなのに、どうして？

「甲午年に……」

〈それ〉がゴホンと咳ばらいをした。甲午年っていつだっけ？

「最後の戦闘で官軍に完全包囲されてしまったとき、親分がこのナイフを使って、僕をこのようにしてくれました。その記念に持ってただけなのに、ほんとに使うことになるとは思わなかったです」

何年のことだろうと回らない頭で計算していたが、ぷすっ、というナイフの音に驚き、頭のなかからすべての数字が飛んでいってしまった。驚いたことに、〈それ〉がナイフで刺したのは、女ではなく自分の心臓だった。〈それ〉は女の口をむりやり開かせた。〈それ〉の心臓から女の口に向かって、どろっとした液体がほとばしった。

「なんだかあなたにはすごく古風なところがあって。だからあなたなら大丈夫じゃないかっていう気がします」

血というよりずっと溜まり続けていたもの……クリームリキュールのような味がした。遠のいていた感覚が徐々に戻ってきた。とてつもなく戸惑いを感じたのは、脈と呼吸が少しも回復しなかったから。感覚が戻り、女は自分の服のなかで二番目に高いコートを汚してしまったことが気になり始めた。こんなときに服なんか気にしてどうするんだろう。首を横に振りたかったけれど力が入らなかった。女のほうに首を垂らしている〈それ〉からは、〈それ〉の割かれた胸からは、ちらほらとほこりが舞い始めた。やがて〈それ〉の心臓が空になり、女の心臓も完全に止まってしまった。こうして女は死んだ。

「もう起き上がっていいですよ」

女は目だけをきょろきょろさせ、〈それ〉を見た。

「もう少し横になっていたければそれでもいいけど」

その瞬間にも、それからも、生と死がなんの境もなく地続きにあることに不気味な思いがした。あたりが一瞬暗転するというような変化もなく続くものだとは本当に知らなかった。無意識のうちに、死んだら終止符とまではいかなくても、せめて休止符は打たれるだろう、と期待をしていたようだ。

死んだ女は、重い体を起こし、濡れたコートの汚れを払い落とした。

女は自分なりの機知を発揮し、鹿の血を注文した。何度か普通の食事を試したあとのことだった。食べ物はもう動いてくれない臓器に溜まったまま、ゆっくりと時間をかけて腐っていく。水を飲み込んで押し出すことはできたけれど、水も吸収はされることなく、飲んだそばから流れ出てしまった。お酒もざーっと流れて酔わないので、忘年会シーズンというのもあって、女は大人用おむつさえあれば宴会を制することができるんじゃないか、と少しばかり心が浮きたっていた。

鹿の血は、吸収できなくはなかったけれど、ひどい頭痛と吐き気を伴った。鹿のせいか、加工工程で入った抗凝固剤と防腐剤のせいかはわからない。ほとんどの器官が機能不全に陥っていたのに、感覚だけは以前よりも敏感になり、痛覚も例外ではなかった。女は一パック目で鹿の血はダメだと気付いたが、お金がもったいなかったので最後まで飲み続け、どうにか二週間を生き延びた。吐き気をもよおしている女を見て、会社ではさまざまなうわさが立った。父の知り合いが経営している小さな医療機器メーカーにコネ入社していたので、面倒なことになったと思った。女は昼食時間になるたびに大きな声で、ダイエット用の漢方薬を飲み始めたのだけれど、その副作用がひどいと言い続けた。女のサイズはLだった。たまにXLを着るときもある。みんなは女の話に納得し、噂は徐々に収まっていった。

もはや睡眠もとっていないのになぜか遅刻してしまった朝のことだった。駅まで走っていて、女は驚いた。軽く走ったつもりなのに、ものすごいスピードが出たのだ。ピューマのようなスプリントに、誰もが振り返るほどだった。電車に乗り込み、女は嘆いた。何も食べてないし、こんなに速く走れるようにもなったのに、永遠に痩せられないなんて！　女はLサイズに幽閉されてしまった気がした。男が戻るまでにSサイズになるという目標があったのに。せめてMサイズになりたかったのに。髪型も変えようと思ったが、髪の毛がまた伸びるかどうかもわからないのであきらめることにした。

この先、わからないことが多すぎる。女が死んだ日の夜、〈それ〉は女に「消えない方法」を教えてくれると言った。ゆっくり教えるから付いてきて、と。だが、女は遅れてこみ上げてきた怒りのあまり、〈それ〉を壁に押し付け、声を荒らげた。

「いいからいちばん危険なことだけをさっさと言いなさい！」

ひどい暴言を一つ二つあびせてやりたかったけれど、ふだんあまりにも言葉づかいがきれいだったために出てこなかった。〈それ〉が壁にぶつかった際にタイルが何枚か割れたので、それだけがせめての救いだった。死ね、殺人鬼。滅びろ、ソウル市。

「干し柿」

〈それ〉はまじめな顔で言った。

「干し柿？」

「干し柿は食べられないんです」

「ちょっと待って……太陽とか十字架とか銀とか釘とかそういうものじゃなくて？」

「はい、干し柿だけ」

「どういうこと？」

「じゃなかったら、トラが干し柿を怖がるっていう昔話があるわけないでしょう？　干し柿は世界的に知られた亡者《アンデッド》たちの毒薬なんです。いっとき、エクソシストたちが使ってた聖水には、干し柿をつけておいた水もあるそうです」

「でも……ただの干した柿よね？」

「その理由は誰にもわからないけど、こういうことじゃないですかね。死んでから食べてもおいしいから、干し柿は。干し柿もアンデッドだから、アンデッドがアンデッドを食べてはいけない、そんなルールなんじゃないかな。狂牛病《BSE》みたいに」

　話がなかなか呑み込めずにいる間、〈それ〉は女の携帯にむりやり自分の番号を登録した。それが後々までも不愉快だった。女はその不愉快な気持ちを払しょくしようと、できるだけ自分一人の力でやっていこうと思った。加害者に助けを求めたり何かを教わったりできるものか。思い出すだけで腸《はらわた》が煮えくり返るようだった。一瞬だけ干し柿自殺を考えたこともあるにはあったが、真剣に思ったわけではない。中途半端に死んでいる状態に慣れさえすれば、あと二カ月で男が戻ってくる。いつか干し柿を食べることになるとしても、もう一度だけ男に会ってからにしたいと思った。

死んだからといって家賃を払わないわけではないので、そして太陽なんて本当になんの脅威にもならなかったので、女は頑張って出勤した。たまに女の顔色を見て心配してくれる同僚もいたが、ダイエットはいつまでもいい言い訳になった。実際まともに食べていなかったからまったくの嘘ではない。女は普通の会社員のように慢性的な疲労を感じ、新たなチャレンジに挑むことにした。ウサギだった。実は、捨てられたペットの保護センターをのぞいてみたこともあるが、犬と猫は食べたくなかった。鶏などの鳥類は、手に入れやすくはあるだろうが、あまり食欲をそそらなかった。そんなときに、ネットで誰かがかわいいとアップしたウサギの写真が目に入り、繁殖力が強いらしいウサギならどうだろう、という考えが頭をよぎった。郊外にあるウサギ農場をしばらく見回り、いちばん大きなウサギを選んだ。普通は小さくて若いウサギのほうが喜ばれるので、農場主たちは女のちょっと変わった好みを喜び、手頃な値段にしてくれた。ガラスの窓にウサギを抱いている自分の姿が映され、女はそんな自分にうんざりしてしまった。

生きたウサギを食べ始めると歯が生えた。八重歯の奥から新しい歯が両側に一本ずつ。歯茎が腫れることもなかった。ただ一羽ずつ、一羽ずつ、ウサギの首筋に嚙みつくたびに、結節というか病変というか、そんなものができていることはわかった。他よりも硬い歯茎に包まれた新しい歯は、舌で歯茎の裏をそっと押すだけでプシュッと出てくる。気をつけようと思ったのは、子どもたちの蹴ったボールに当たったり、配達のバイクが横すれすれを通りぬけていったり、満員電車で足を踏まれたりといったちょっとした危機の瞬間だった。反射的に歯が出てきてしまうのだ。でも幸いなことに、もともとある歯の裏からうまい具合に丸みを帯びて生えているので、それほど目立ちはしなかった。

女はいろいろなところを見て回り、とある農場と定期配送の契約を結んだ。フレンチレストランを経営していると言ったら少しも怪しまれなかった。

初めて人間の血を啜ったのは、男が帰ってくる一カ月前だった。遅すぎたのではないかと少しばかり後悔した。人間の血を啜ったとき、女は驚いた。ウサギを食べると、いつまでもいつまでも臓器の奥からほこりっぽい感じがしてならなかったし、夜中に寝返りを打つと、コショウ入れを振っているような音が身体から聞こえる気がした。なのに人間の血は、ごく少量を啜っただけでも臓器が、肌が、潤ってくる。体中に広がる温もりと湿り気に、女は興奮した。痩せてもないのにたるんでしまった肌に張りができたような気がしたし、毎朝気になっていた顔のむくみもすっきりした。どれほど画期的によくなったかというと、もうワイヤー入りのブラジャーがいらなくなった。

すべては二十四時間ニュースチャンネルのおかげだった。死んでからはいくら疲れていても眠ることができない。目を閉じていても頭が冴えすぎているため、朝までもたもた、じりじりしながら雑念に悩まされてばかりいた。例えば、二年か三年前に食べた干し柿の味を思い出そうとしたり、〈それ〉にこっそり干し柿を食べさせるための穴だらけの計画を練ってみたり、北アメリカの先住民たちが死について「一歩離れたところで私たちを追いかけていて、ときが来たら肩にそっと手を添えてくる友人だ」と言っていたことを思い出したりした。女の頭のなかでは二十四時間、おぼろげに浮かぶ単語や断片的なイメージではなく完璧な構造を持つ文章が流れていて、そのせいで女の精神はとことんまで追い込まれていった。ぼーっとテレビを見ながら夜をやり過ごしたのだけれど、いろんなチャンネルのなかでもニュースチャンネルが、女を飽きさせずに刺激を与えてくれた。この世には女よりも理不尽な人生や死を経験する人であふれていることに、湿りっ気のない慰めを感じていたある日のことだった。テレビでは赤十字社の献血状況に関するニュースが流れていた。

「現在、RH＋A型の血液は、供給が需要を上回るため廃棄されている一方、その他の血液、特にO型は保管分があと二週間分しか……」

毎年繰り返されるニュースだった。画面に映されている見慣れた献血中の資料映像を見ながら、ハッとして身を震わせた。血液が廃棄されている、だと？　こっちはウサギの血なんか啜っているというのに！

次の日、女はすぐに動き出した。医療機器メーカーで働いているおかげで、数カ所に電話を回しただけで生体廃棄物管理会社につながることができた。韓国では、一カ所、二カ所、と電話を回せば解決できないものなんてない。もしかすると世のなかすべてがそうなのかもしれない。女は血液の余剰分がどこでどのように廃棄されているのかをつかんだ。それからはとんとん拍子だった。それなりに新鮮な血の入ったパックが定期的に、そしてまったく暴力的でない方法で女の手に回ってきたのだ。死さえ女から彼女に特有の親切さを奪っていくことはできなかった。女は安堵した。

人間の血を啜るときは、身体中の死んだ細胞が、一瞬だけよみがえるような気がする。一切何も吸収しなくなった女の身体が、人間の血だけは力強く吸い込んでいった。生臭さえ感じなかった。真夏日に飲むイオン飲料のように甘酸っぱいと思っただけ。女は自分を誇らしく思った。〈それ〉に一度も電話をかけることなく「消えない方法」を自分で見つけ出したのだ。

男は戻ってきてから三日間をぶっ通しで寝て、その次の日には友達に会った。女の順番はそのあとになってようやく回ってきたわけだが、気分を害することはなかった。片思いとは、侮辱に耐えられる人間にしかできないものだから。女は自分から男に電話をかけて会う予定を取り付けると、三日前から鏡に何度も何度も自分の顔を映してみた。鏡は女を拒むことなく、むしろ生きていたときよりも優しく迎え入れてくれた。女は生まれてから死んだあとの人生までで、これほどに準備が整ったことはないと確信していた。

男はお腹をしょっちゅう下していたと言って、前よりもやつれた顔に笑いを浮かべた。以前は気付いていなかった口周りの細かい皺《しわ》が目に入り、すでに止まっている女の心臓に電気が走るようだった。お腹を下した話ができるほどの仲になったんだという妙な嬉しさもあとから続いた。ぼさぼさの髪も、陽に焼けて皮が剝けた鼻も、厳しい気候で荒れた手も、男が光り輝く生命体であることを隠すことはできなかった。ふと、男の指を身体のなかに受け入れたくなった。身体のどこでもよかった。そんな想像をしていても、顔が赤くなることはなかった。

「この魂《ソウル》のないソウルでは、絶対理解できないことだと思う。死がどれほど私たちに近いか」

理解してます、と女は言ったし、実際男よりもよく理解していたのだけれど、男がそっと浮かべた薄笑いに気付いてみぞおちに痛みが走った。死んでからよけい過敏になったのかもしれない……。それにソウルのないソウルというダジャレなんて、なんともダサすぎるうえに陳腐だった。男はここを離れすぎていたのかもしれない。女の反応を気にすることもなく、男は砂漠とジャングルの話を続けていた。見捨てられている三角州地帯にたくさんの死体が重なっていて、限界まで腐るとボーンという音を立てて爆発すると。いつか死んだ水牛を見たことがあるが、もともと巨大なのが三倍も四倍も膨張していたため、あれが弾けたらどうなるのだろうと気が遠くなったと。特に心を打ち砕いてきたのは、おもに子どもたちだったと。船に乗って体に爆弾を巻き付けている少女たちと彼女たちの足跡が消えてしまった砂漠、船さえ入れないジャングルの奥地で死んでいく少年たちを忘れることができないと言った。女は生きている間も死んでからも、紛争地域にいる子どもたちを支援する団体に募金を続けていたが、この男ならそういうのはホンモノじゃないとも言いかねず、なぜか気後れしてしまった。

酔いが回ると男は泣いた。人の前で泣き崩れるのは親しさの証だと思い、女はまたもや嬉しくなった。でも楽観はしなかった。大学時代に口の軽かった同期の一人が、女が男に気があることをあっちこっちに言いふらしてしまったせいで、男は女によそよそしさを感じさせない程度の距離を保ってきた。男は女の同期二人と深い関係になっていたし、女の知らない彼女だって何人もいた。ようやく女の番が来たというわけだが、二人の関係が長く続くはずはないってことはわかっている。女は待ちすぎていたし、〈それ〉の言ったことは正しかった。女には周りをうんざりさせるほど古風なところがあった。

女は死んでいなかったら絶対しなかったはずの選択をしてしまった。酔ったふりをして男にもたれかかったのだ。女が死んでいることにまったく気付かず、いまでも誠実な付き合いをしてくれている女友達が、三日三晩も悩んだ末に選んでくれたVネックに効果があることを願いながら。Vネックは谷間が見えるほどではなかったけれど、谷間を想像させるほどには胸元が開いていた。本当に酔っていたなら気楽だったろうに、お酒は女の身体をそのまま通過し、大人用おむつを濡らしていた。

女は立ち上がりながらふらつくふりをした。最後のサインだった。ようやく女は、男のアパートに入ることができた。

男の部屋は、しばらく無人だった痕跡もそのままの状態だった。男が先に風呂に入り、女は家のあちこちを見て回っていたが、はたと怖くなった。自分が死んでいることを男に気付かれてしまうかもしれない。手首の内側を鼻に近付かせ、においを嗅いでみた。かすかに紙と石のにおいがする。女はかばんをあさって携帯用の香水を見つけ出した。男がぎこちない笑みを浮かべて風呂場から出てきた。女も風呂場に行き、別に洗い流す必要もない身体を水に濡らした。

「肌がきれいになったみたいだね」

横になった女に覆いかぶさるようにしながら男が言った。女は恥ずかしそうに笑った。

「いま寒い？　暖房の温度、上げようか？」

「いいえ、始めてください」

いまなら濡れられるような気がした。死んでからは一度も濡れたことがないけれど、この男とならいけるかもしれないと思った。人間の血を啜っているからもしかするともう一度……目をつぶった。瞼《まぶた》の裏に、自分の身体を思い浮かべてみた。男の指が触れたところには花びらのように赤く輝く指紋が残った。その跡は男の手が通り過ぎたあとも、もうしばらく燃え上がった。女は息を吸うふりをした。吐き出すふりをした。男は努力し続けた。

それでも女は濡れなかった。さまざまな器官が女の身体のなかで働くことをやめてしまっている以上、しかたのないことだ。あきらめようと思った瞬間、別の考えが女の頭をよぎった。ジェルってアンデッドが発明したのではないだろうかと。

男は男で女が濡れない原因を考えあぐねていた。経験があまりないからだろうと、それで緊張したのだろうとつぶやいた。本当のことを言うと、女は男を待つ間に短くて、後味の悪い恋愛を休まずにしてきたので、経験が少ないというわけではなかった。それでも男にはそう思わせておいたほうがいいだろうと考えたのは、理解と配慮の顔の裏に、いら立ちと焦りの顔が透けて見えたからだった。ついにあきらめがついた男は、ゆっくり身体を起こして椅子をひとつ持ってきた。椅子に座って少し不安定な声で言った。

「口でやって」

それぐらいはやってあげなくちゃと思った。最近朝のニュースを見ていて、オーラルセックスが口腔がんの大きな原因でもあることを知っていたけれど、いまさらもうがんになることもないだろう。女は新しい犬歯の生えたところを舌でゆっくりと確かめてみた。少しざらざらした感じはあったが、大人しくちゃんと隠れている。

「その前に水をちょっと飲んできます」

反復運動は、初めのうちは女の頭のなかを多少整理してくれる感じだった。歯を隠すことでいっぱいになり、一日中騒がしくしている意識もしばらくは息を整えているようだった。男の身体が喉の奥深くまで入ってきても、えずかなくて済むからやりやすくもあった。だんだん唇がひりひりしてきて、すると顔の見えない男がどんな表情をしているんだろう、と気になり始めた。はたして明日からまた男に会えるのだろうか、あとどれぐらい長く会えるのだろうか。後悔が押し寄せてきた。捨てられるのだろう。消耗させられるだけだろう。これまで消耗させられてきた他の女たちのように。誰かがいつか男に女の話を持ち出したときに男がどんな表情を見せるか、女はわかりきっていた。困ったようにして何かを示唆する思わせぶりな男の表情を、女は知っていたのだ。何度も見たことがあるから……。突然、ひどい渇きを感じた。浮き上がってきた男の血管への渇きでは決してない。長きにわたって続いた女の片思いは、明らかに食欲よりも強力なものだった。ただ、それは可能性を殺してしまいたいというような欲求だった。不安定に移り変わって、ずうずうしく生きていくすべてを殺してしまいたいという心の崖っぷちというようなもの。本当に好きなドラマや漫画が長く続きすぎると早く終わってほしいと思うような、完結への切実な願い、というふうに説明することもできるだろう。女は死んでいてもこんなにも人間臭かったのだ。「あっ」という瞬間に歯の先が突き出たと思ったら、男が握っていた女の髪の毛を激しく引っ張り上げた。

そんな些細な動きが死を招いてしまう。

女の歯は自動発射された。口を離すことができず、血だらけになった男の海綿体には穴が開いてしまった。畜生、と男は叫び声をあげたが、女は耳を閉ざした。選択肢がひとつしか残らなくなるとかえって心が穏やかになった。恋が死んだ。罵倒とともに。もう二度と生えてこないはずの引き抜かれた髪の毛とともに。欲望への敗北感より悲しみにふけって、女はうっかり開けてしまった穴をふたたび啜り始めた。さっきとはまったく異なる行動だったけれど、遠くからだと同じように見えたろうと思う。男が力尽くで女を引き離そうとしても女はぴくりともしなかった。片手で男の口を塞ぎ、反対の手で両手首をつかんだ。

男の血からなんの特別な味もせず、不思議に思ったほどである。砂漠を長年歩き回った人間の温もり、ジャングルの奥地までを横切った人間の特別な香りを期待していたのに、ちょうどいい具合に温かいだけで普通の味がした。女が〈それ〉に奪われた血の量は四リットルぐらいだったが、男からは六リットルぐらいの血を啜ることができた。最後の二リットルを啜るときは限界を感じていたが、やめなかった。真っ赤なシリカゲルになったみたい、と思った。シリカゲルは膨れ上がったらいつか弾けるんだったと怖くもなったけれど、それでもやめることはできなかった。男を……残してはいけない気がした。

すべてが終わり、しばらく男の隣に横になってみた。男の腕を枕にしてみたり、胸を枕にしてみたりした。どっちも楽ではなかったので、起き上がって男のシンプルな家財道具と作業部屋だった小さい部屋のなかを見て回った。現像した最近の写真だけでなく、アルバムがあった。赤ちゃんのときから直近までの写真が、その小さな簡易アルバムに圧縮されていた。女は一度だけ大学時代の集合写真に出てきたのだが、予想していたはずのことなのになぜか腹が立った。女には男に関する記録だけでも箱ひとつ分あるのに。男を殺しておいてこっちが怒るのもお門違いな話だが。

女は男のところに戻り、男の髪の毛を撫でながら無意識にこんなことをつぶやいた。

「干し柿の時期になったら……」

旬の柿でなければいけなかった。柿農場をしている親戚がいたおかげで、子どもの頃から質のいい干し柿ばかりを食べてきた女は、冷凍の干し柿に耐えられそうになかった。体液を失って縮こまった男は、悲しいことに干し柿を連想させた。甘い粉が風に飛ばされてしまった干し柿。

あまり重くはなかったけれど、男をどう処理すればいいかがわからなかった。ウサギみたいには処理できないはずだ。気が進まなかったけれど、初めて〈それ〉に助けを求めることにした。元東学軍（貪官汚吏による農民収奪と外国勢力の侵略に激怒して結成された農民軍）で、いまの政治的立場はどうかわからない〈それ〉。

「……一体どこを噛みました？」

一時間もしないうちにやってきた〈それ〉が、男の首筋を確認しながら尋ねてきた。女が男の身だしなみを整えておいたあとだった。本当に知りたいというより、からかっているようだったので何も答えなかった。

〈それ〉、つまりその死んでいる者は、どう見てもあやしい大容量の折り畳みバッグに、男をむりやり詰め込んだ。それから女に男の荷物をまとめるように指示した。男の財布、パスポート、仕事用のカメラ、服は、大きなリュックひとつに十分に納まった。女と死んでいる者の手はカサカサに乾燥していて、指紋ひとつ残らなかった。男のアパートはセキュリティが甘く、建物を抜け出すことはそう難しくなかった。

二人は男をトランクに積み、オリンピック大路を走り始めた。アンデッドたちのコミュニティは、便宜のため各地に焼却炉を持っており、そのうちの一カ所に向かっていた。女は生前に、この人口密度も高く、狭い土地で、どうして失踪者たちが跡形もなく消えてしまうのだろうと不思議に思っていたが、ようやくその答えがわかった。悪いことが彼らの身に起こったのだ。女に起こったようなことが。そのとき、死んでいる者が尋ねた。

「それで、柿の時期までソウルにいるつもりですか」

それは質問の形をした提案に近かった。

「まさか」

特に予定はなかったけれど、あるふりをした。むっとした女の表情に、死んでいる者は子どものようにゲラゲラ笑った。数時間後には、葬儀の担当者のようなマネをしながら、焼却炉から出てきた男の骨を細かく砕いてくれた。女は、甘い味がしそうなそのなめらかな粉を、空のフィルム入れに小分けにした。男の年齢と同じぐらいの数になった。死んでいる者は反対していたが、女は記念にと、男のカメラのなかでいちばん軽いものをもらうことにした。

職場と家を片付けるのにはそれほど時間がかからなかった。とりあえずやってみたら、女の生と死もリュックひとつ、旅行バッグひとつに圧縮された。旅が終わった頃には、この旅行バッグだっていらなくなるのかもしれない。女はそんな希望を抱いた。旅立つ前に漢江《ハンガン》に行き、骨の入ったフィルム入れをひとつ空にした。男とは違って、女はソウルが好きだった。休暇中にも友達とカフェでじっとしているのを選ぶくらい好きだった。冷たい唇で、これから一緒に休暇を過ごせないだろう友達のほっぺにお別れのキスをした。みんなはくすくす笑っていた。親には返ってきた部屋の保証金で新しいテレビを買ってあげた。

最初は男が写真に収めて送ってくれた場所を追ってみることにした。心血を注いで男がシャッターを切っただろうと思われるところを見極め、男の骨をひとつずつ撒いていった。言ってみればアンデッドほど効率よくまわれる旅行者もいないだろう。寝なくてもいいしシャワーだって浴びなくていいので宿泊費用が安く上がる。洗濯物もあまり出なかったが、洗濯が終わるのを待つふりをして、二十四時間コインランドリーのベンチに座って夜が明けるのを待っていたこともある。だいたいは閑散とした道を選んで走った。縮地法の伝説は、おそらく誰かがアンデッドの走るところを目撃したことから伝わったのだろう。アジアの女性だという理由で狙ってくる馬鹿なやつらが絶えなかったので、お腹がすくこともなかった。一夜限りの関係を楽しむ者たちは二百ミリリットルだけを啜って帰らせ、犯罪者たちは二リットルを啜って暗いところに捨てた。

男が入っていたフィルム入れがなくなると、女は旅行に興味を失ってしまった。二度と戻らないつもりで旅に出たけれど、やっぱりソウルがよかった。すれ違う子どもたちに着古したＴシャツまで配り、リュックの荷物が半分になったとき、結局女は戻ることにした。女が生まれ、死んだ街に。

すぐに新しい職場が見つかった。元の職場とは名前だけを除いたすべてが似ていた。それでも今度はコネ入社ではなかったことが心の慰めといえば慰めだった。治安のよくない町で安い部屋が借りられた。ソウルでいちばんの危険人物が女かもしれなかったのでなんの問題もなかった。

死んでいる者が無事帰還を祝ってくれたものは、例の古いナイフだった。

「これをどうして？」

「いまじゃないけど、いつか一緒に死にたくなる相手ができるでしょう。そのときに使ってください」

「あなたは？　もう要らない？　私、あなたとは一緒にならないつもりだけど。あと何人か作らなきゃいけないいんじゃないの？」

「心臓にエキスを百年溜めて、ようやくひとり作れるんですから。だからすごくもったいないことしました」

この話を聞いてからたまに、身体を左右に揺らしてみることがある。心臓に何か溜まっているかを確かめてみるために。エキスというのものがばちゃばちゃ音を立てている気もする。クリーム状になるにはまだまだ時間がかかりそうだ。それでも冬になると毎年、いちばん大事にしているコートの内ポケットに甲午年に作られたナイフを入れて、乙支路の地下通路をうろついている。男に似た人を見つけられるかもしれないんだし。

女は、まだ干し柿を食べないでいる。

# ハッピー・クッキー・イヤー

「北アフリカ生まれで、パリで勉強中の人をいつも想像していました。頭の形がきれいで、ステキなメガネをかけて、パリ第六大学で数学を専攻している人」

「なんの話ですか」

「外国人と寝るならという話です」

「クタイテキすぎるな」

「具体的ね」

具体的、と一度真似をしてみて、彼女に済まない気持ちになった。僕は頭の形がきれいでもなく、メガネもかけていなくて、パリには行ったこともないうえに数学専攻でもない。

「でもあなただってそこそこいい男ですよ」

彼女が慰めてくれた。僕は笑みを浮かべながら彼女の突き出た骨盤をハンドルのように両側から持ち、彼女の身体をぐるりと回した。後背位でやれば骨どうしがあまりぶつからずに済むだろうと思ったが、そうでもなかった。動いている部品も動かない部品もすべて薄い皮膚から透けて見える、よくできた教育用の人体ダミーがさっきから思い出された。僕は目をつむり、手ざわりだけで彼女を感じてみようとした。彼女を徐々に小さい単位で感じていきたかった。系統、器官、組織、細胞、小器官を順番に感じていき、さらに小さいところを感じて、しまいには僕自身もばらばらに散ってしまいたいと思った。

「女をめんこみたいにひっくり返したらいけませんよ」

ゆるく絡まったままの身体を、高鳴っていた心臓を休ませながら彼女が言った。

「めんこってなんですか」

すると彼女はどこから力が湧いたのか勢いよく身体を起こし、プリンターから紙一枚を抜き取った。彼女の折り紙を見て、完成する前にめんこというものの正体がわかった。

「うちの故郷にもある」

僕たちは素っ裸のまましばらくめんこで遊び、くしゃみをしながらシャワー室へと走った。大人二人で立つには狭い空間だったが、湯はあたたかかった。

バスに乗ると、いつも赤い非常用ハンマーの下の席に座る。

僕が生まれた街では、車があまりスピードを出さない。海外の会社が高架道路を造ったものの、誰も使わずにゆっくり老朽化していった。誰にも急ぐ用事なんてなかった。一方、ソウルの道路はあまりにもつるんとしていて、車がその道路を信じられないぐらいのスピードで走っている。運転の荒いバスに乗っていると、低くて頼りない手すりから落ちてしまいそうで不安な気持ちになる。漢江《ハンガン》はあまりにも広すぎるし、あまりにも長すぎる。それにあまりにも深すぎるだろう。漢江にかかっている橋の補修工事をするときだって、橋をそのまま利用しながら工事をする。車は工事現場を避けてジグザグに走っていく。僕はうつむいた姿勢でバスが水中に沈んでしまう妄想をよくしていた。だからいつも非常用ハンマーの下に座る。前の席まで両足を伸ばして体を固定し、川に落ちても窓ガラスを割って逃げ出そうという計画だけれど、本当にそんなことが自分にできるかと思うと不安になった。赤いハンマーをひとつ盗み、かばんに入れて持ち歩きたいと思ったこともある。だが、ただでさえこの国では外国人が喜ばれないのに、泥棒までした外国人はよけい歓迎されなくなるだろうと思い留まった。

それにソウルは寒すぎた。冬の気温は、僕が生まれ育った街より十五度も低く、借りていた部屋が粗末すぎてさらに寒かった。外国人向けの寮が工事中だと言われたときはこれも一種の差別じゃないかと疑ったけれど、本当に建物が壊され始めるのを目の当たりにすると、そのあたりにある部屋を探すよりほかに手はなかった。とんでもない部屋だった。半地下部屋というらしいが、半地下というより正確には三分の二地下と言うべきだろう。大部屋一つをむりやり二つにしていて、幸いにも風呂とトイレは各部屋にあった。寒くて暗い部屋にいるのがいやで、何時間もカフェに居座って時間をつぶした。布張りの椅子は染みだらけだったが、暖かくてふかふかしていた。最も人目に触れないところに場所を取り、できるだけコーヒーではないものを飲んだ。コーヒーを飲むと、食べたものがすべて消化されてしまう体質だというのがわかったのだ。暖かくて豊かな故郷では知るはずもないことだった。鼻が乾く。病気にかかった犬みたいに、鼻が乾いた。

お金がないのも事実だったが、それとは別に、どこで服を買えばいいのかがわからなくて貧相に見えたのもあるだろう。何度か悔しい思いをしたあと、友達に教えてもらっていい服を買いにいった。

「石油王みたい」

同じ学年のケヒョンは、僕が石油に縁のない、いつも石油のことを心配しながら暮らさなくてはいけない地域から来ていることを知らない。アラブにはどこにでも油田があると思っているらしかった。それにケヒョンって。韓国人はよくもこんな難しい名前を付けるなと思う。僕はしばらくケヒョンのことを、ケイヘオンと呼んでいた。

ケヒョンのことから話すべきだろうか。それとも僕の耳の話から始めるべきか彼女の話から始めるべきか悩ましいところだ。僕のソウル暮らしは、だいたいこんな感じで集約されるだろう。この三つの話でケヒョンの話が最も大事なわけではないけれど、やはりその話から始めたほうがいい気がする。

臨床実習をソウルで行うように勧めてくれたのは父だった。父は建設省所属の公務員で、韓国の友達がたくさんいた。僕も少しだけ韓国語がわかったし、父が豊富な人脈を駆使して僕をソウルへ送る道を探ってくれた。人脈。この種の言葉はどの言語でも脈やパイプといった線《ライン》に譬《たと》えられるのが面白い。

「いつか新たなアラブの時代が来るはずだ。石油が枯渇すれば、今度は我々のような人間が必要とされる時が来る」

それで父は自分の子どもを、弁護士、医師、外交官に育てた。中東でこの種の職業になるのは、極東より簡単だ。石油があって金と本物の権力を持つ人間は職業を持たないから。父が言う「我々のような人間」とは、おそらく働く人を意味するのだろう。

僕が少年だった頃から、父は石油がなくなる日に備えていたが、予想とは違ってまだ石油はなくなっていない。本音を言えば、本当になくなったところで、いろんなことがガラリと変わるんだろうかという疑問はある。もしこの世から石油が消えても法螺《ほら》は残るのでは？　誠実で法螺を吹かない人間の居場所なんて本当にある？　僕はアラブ人特有の法螺がそれほど嫌いではない。アラブではデータ通信網サービスがなかったときだって、誰もが最高級のスマートフォンを使っていた。だいたいそんな感じ。いつまでも慣れはしないと思うけれど、嫌いではない。自分の生まれた場所から浮いてしまう人間なんてどこにでもいる。

とにかくソウルにある大学病院に、トップとまではいかなくても真んなかぐらいのレベルだという大学病院に二年間所属していた。たぶん同期たちは、僕がコネで入ってきたことに気付いていたと思う。同期は戸惑いをうまく隠せていなかったし、患者の場合はさらに戸惑っていた。実習生から針を刺されるなんてただでさえ嫌なのに、ましてアラブ人だなんて。差別と言えば差別だけど、もともと互いのことがあまり好きではないと言ったほうが正確だろう。中東の人間は極東の人間を地味な自慢野郎だと思い、極東の人間は中東の人間をアクが強い嘘つきだと思っている。

なかなか溶け込めずにいたある日、突然連れていかれた飲み会の場で、だしぬけにこんなことを尋ねられた。

「君、名誉殺人についてはどう思ってるか」

僕の顔を見つめながら教授が聞いた。頭のなかが真っ白になった。ふつう大事なことを聞く前って前座みたいなスモールトークがあるだろうに。僕の妹たちはヒジャブを被らないし、教育も受けているし、恋愛結婚したし、妹のことに首を突っ込む気はまったくないと言えばいいんだろうか。我が国は近隣国に比べれば、それほどひどい環境ではないと言うべきだろうか。それとも、いくら最高刑がくだされても名誉殺人が立て続いてしまうのが恥ずかしいし、理性の時代なんて永遠に訪れない気がして絶望しかないと言うべきだろうか。一人の個人が、自分の属する文化圏の罪悪についてとっさに答えなければいけないとしたら、韓国男性は、日中韓の男性の罪悪に責任を感じているのかと聞き返すべきだろうか……ひとつのまとまりにされたくなかった。実際にはひとつのまとまりでしかないとしても。めまいがした。

「よくないことだと思います」

脳細胞を何百個も殺してからようやくこのように答えると、教授は思いっきりがっかりした表情を見せた。失望ぐらいは隠してほしいと思ったが、教授にまでなると感情など隠せなくなるらしかった。

「これから十年間で中東の情勢はどう変わるんだろう。君の考えはどうだ」

他の教授にそう聞かれたときも、意見というものはたいして持っていなかったし、意見があったとしても当時の韓国語力では悠長に説明できなかったのだろう。

「先生、僕は自分の来週の予定もよくわかりません」

正直すぎたのだろうか。前に座っている教授だけでなく、他の教授までも呆れた顔で僕を見つめてきた。数人の学生だけがこっそり笑っていたのだが、その一人がケヒョンだった。少しあとになって、ケヒョンが空いたグラスを手に、僕の隣にやってきた。

「イスマイルさんですよね」

僕たちはどうでもいい会話を交わした。それまでの六カ月でリスニングだけが上達してきた僕の韓国語は、その日を境にしゃべるほうもぐんぐんと伸び始めた。ケヒョンはその日から僕のことを「スマイル・リ」と呼んでいたが、それはあまり喜ばしい呼び方ではなかった。そうだ。僕は「喜ばしい」という言葉を使える、上級レベルの会話ができるようになったのだ。

「スマイルさん、休みにオレ、田舎に帰るんですけど、一緒に行きませんか?」

「あなたの家は瑞草《ソチョ》ですよね。どうして田舎だと言うんですか」

ケヒョンが声をあげて笑った。

「ソウルの瑞草じゃなくて江原道《カンウォンド》の束草《ソクチョ》。聞き間違えたんですね」

僕はソウルではない場所の地図が頭のなかでうまく描けなかった。実は頭のなかのソウルの地図だって、地下鉄の路線図に近かった。

ケヒョンの両親は外国人が来ると言われて緊張したようだが、僕が韓国語を話すと安心していた。ただ僕はケヒョンの両親の話がよく聞き取れなかった。微妙にイントネーションが違う。おそらく北朝鮮の言葉に似ているはずだとケヒョンに言われて不思議な気がした。

「お箸を使うのが上手だね」

食事をするたびにほめられた。確かに、東アジア以外のところで魚を生で食べたり箸を使ったりするのは、教養の証でもあるので、うちの家族はよく日本料理の店に通っていた。ここに来てみて、あれが日本料理でもなんでもなく日中韓が全部まざったような料理で、僕たちはちゃんとしたものを味わったことがないということに気付かされたけれど。

束草にやってきた日、ケヒョンは僕を港の揚げ物通りに連れていってくれた。ずらりと並んだ店のなかで、なぜかひとつの店だけ行列ができている。

「この店、昔からおいしいんだよ」

確信に満ちたケヒョンの言葉にうなずき、列の最後尾に並んだ。エビ大、エビ小、むきエビ……とメニューは簡単なようで複雑だったけれど、ケヒョンがイカ揚げまでてきぱきと頼んでくれたおかげで少しホッとした。

「どう？　おいしい？」

目を輝かせて故郷のエビ揚げの評価を待っているケヒョンに、僕はあまりいい反応を見せることができなかった。僕の感想なんて「えびせんって本当にエビを揚げた味を忠実に再現したお菓子なんだな」というぐらいだったから。みずみずしさもなくからっと揚がっているからか、揚げ物は食事の代わりというよりは、お菓子のようだったのだ。

二日目には束草でいちばん有名だというパン屋を訪ねたが、確かにソウルのおしゃれなパン屋とは違う趣があった。名物だという栗の菓子を食べて、これもまた違う意味で衝撃を受けてしまった。

「栗の菓子なんですよね？　栗の形なのに、どうしてあじゅきが入ってますか」

「あじゅきじゃなくて、あ、ず、き。あずきと言ってみて。もともと小豆のあんこが入ったお菓子なんです。でもおいしいでしょ？」

韓国のお菓子って、名前に忠実なときもそうでないときもあるんだ、というのが二日目の感想だった。

「スマイルさん、アルバイトしませんか？」

「どんな？」

「叔父がお菓子の工場をやってるんですけど、数日だけ手伝ってほしいそうです。アルバイト代、たくさんくれるって」

ケヒョンの目は好意に満ちていたし、ギリギリではあるけどお金に困っているわけではないと言うと感じが悪いだろうし、あの当時はお菓子の工場といってもちょっと大きいパン屋ぐらいを想像していたため、同意した。まだ断れるほどに親しい仲でもなかった。あと一日だけ束草を楽しみ、海岸道路を走るバスに乗って慶尚北道《キョンサンブクト》に向かった。慶尚北道に行けるなんて、と、韓国のさまざまなところを見られて嬉しかったのも事実だ。

着いてみると工場は工場だった。お菓子という軽やかさや楽しさとはずいぶん距離があった。僕とケヒョンは外で荷物を積む簡単な手伝いをしていたが、生産ラインの人たちは空気も通らない防塵服を着て、窓のないところで働いている。一度工場のなかに入るとなかなか外には出てこない。ケヒョンの叔父さんが僕たちを工場の人たちに紹介してくれた。叔父さんはなぜか僕と他の外国人労働者は言葉が通じると思ったらしい。韓国人には似ているように映るだろうが、実際は数百、数千キロメートルも離れた場所からそれぞれやってきているので、僕たちはきまり悪そうに視線を交わしていた。すれ違うときだって誰も話しかけなかった。外国人のアルバイトなのに同時に社長の甥っ子の友達でもあって、どう接していいかひどく困ったのだろう。

先に言い訳をするとすれば、その工場は世界有数の製菓メーカーに良質の商品を納品している創業十六年目の受注生産工場で、HACCP認証を受けるほど実力のあるところだった。HACCPをどう読むのかとケヒョンに聞いて「ハサップ」だと言われたときは冗談だろうと思った。僕にはなにかヒップホップ界隈で使われるあいさつに聞こえたのだ。とにかく、実力が高いといっても工場には事故がつきもので、一度でも事故が起きてしまえば十六年間という無事故期間は振出しに戻ってしまう。いくらお菓子みたいに重要なものでもなく、軽やかなものを作るといっても、工場というところにはつねに危険がともなうということを理解しておくべきだった。しかし当時の僕はまだ若く、社会経験が少なすぎた。大きな事故でなくても、こまごまとした事件がどんなに頻繁に起きているかを、白くてキラキラする防塵服の下に隠れた小さな傷がどれほど多いかを、想像することができなかった。真空フライヤーも包装機も、見た目以上に危なかった。想像力が及ばなかったのはしかたないことだったかもしれない。僕は数日間だけ段ボール箱を運び、ソウルに戻るつもりだった。アルバイトと観光客のあいだぐらいの気持ちでいたから、そんな想像などする必要もなかったのだ。

物事がうまくいくときには、いろいろなことが歯車のようにかみ合ってうまくいくように、物事が悪くなる場合も同じで、いろいろなことがかみ合って悪くなる。事故は三段階を経て起きた。見えない邪悪な手が設計したドミノのようだった。簡単な配管溶接の作業中に火花が包装材に引火し、それでアイスクリーム倉庫へとつながるアンモニア配管が破損、半分ほど溜まっていた小麦粉サイロが過熱して、粉塵爆発が起きた。お菓子の工場で起こり得る最悪のパターンの事故だったが、幸いにもアイスクリーム倉庫に火が燃え移ったのは、ほとんどの社員が工場の外に逃げ出したあとだった。ケヒョンは運よく叔父さんのおつかいに出かけていて、僕は脱出のために並んだ列の最後尾に立っていた。みんな僕をほったらかして逃げたわけではない。というより、事態の深刻さに気付かず、みずから前列を譲ってしまった。爆発音がしてから背中と耳が熱くなり始めてようやく、少し後悔した。

どうして耳が熱かったのか、現場から抜け出したあとになって理解した。両耳ではなかった。片方の耳だった。遠くから飛んできた破片に、耳輪の半分が切り落とされてしまったのだ。僕の肩が血で染まっているのを見て、周りの人たちが大きな声をあげた。最初は怒っているのかと思った。血を何ミリリットルぐらい失ったんだろうと考えをめぐらせていたが、それぐらい冷静になっていたというより、むしろ衝撃のあまりに思考が鈍っていたのだと思う。現場にいた人たちが冷静さを取り戻すまでは、僕が救急車に運ばれてからもずいぶん時間がかかったという。鎮火作業が終わってからも、切断された耳を見つけようと必死になってくれたらしい。あとから合流したケヒョンは謝ったり怒ったりして、最後の最後まで耳を見つけようと奔走したが、結局発見はできなかった。耳を見つけてどうするつもりだったんだろう。いまとなっては、漫画の主人公のように、海岸道路沿いを一人旅する僕の耳を想像したりもする。

もちろん痛かった。痛かったが……それよりはいつか帰国して家族から言われるであろう非難のほうが恐ろしかった。どうしてそんなことをした？　どうしてちゃんと断らずに変なマネをしてケガまでした？　見苦しくなったその耳をどうするつもり？

環境医学科の実習でＡ＋をもらったのは、どう考えてもあの事故の影響だと思う。実習もレポートも全然できていなかっただろうに、どうしてだか最高点が出た。耳に包帯をした理由を聞かれて返事をしたときには、同情されることになるとは思わなかった。

「有名なんっすよ」

「何が？」

「環境医学科と予防医学科の教授にアカが多いって」

「アカって何《なに》ですか？」

「何《なん》ですか、のほうが自然ですよ。冗談はよしてまじめな話をすると、アカというのは、解放以降の理念の葛藤が……」

韓国現代史へのケヒョンの長い、そして間違いの多そうな説明が続いた。

「とにかく最近はリベラル系の人間をひっくるめてそう言うんです」

「環境医学科と予防医学科はリベラル系?」

「自分が属している小さなグループの利益より、全体の利益のほうを大事に考える人間がいくところですから」

自分の説明に満足したのか、ケヒョンは笑った。僕が負傷してからずっと、頑張って笑顔を作っている印象を受ける。負傷したのは僕のほうなのに、どうして君が落ち込んでいるのかと、しばらくは僕のほうが彼を慰めなくてはいけなかった。利益集団、利益、と新しく覚えた単語を口のなかで転がしてみた。

その頃、耳鼻科と形成外科の教授がかわるがわる僕を見に来るようになった。僕に新しい耳を作ってあげたいらしい。機能検査をするとあまり問題がないというのに、どうしてかケガはなかなか治らなかった。痛みが続いた。実習で忙しかったし、他の人に気を使わせるのもいやだったので、ケヒョンと二人で消毒した。ある日、ケヒョンが言った。

「スマイルさん、耳が少し生えてきた気がします」

なんてことを。韓国の子たちはバカなんだろうか。生えるはずなんかないだろう。

うっかり神経質な反応を見せたが、鏡を見ると確かに、ほんの少し耳が生えていた。茶色くジャリジャリしたものが新しく生えていたのだ。

「なんらかの異常で起こる角化症みたいだな」

僕の耳を見た研修医は、たいしたことでもなさそうに言っていたが、数日後に耳はさらに伸びてきた。半分ほど切断された耳が、新しく生えてきたのだ。僕は横向きに寝るなりして、元の形を取り戻そうとする新しい耳を保護した。新しい耳はもろくてカスみたいなものが落ちてきたり、痒かったりちくちくしたり、ときに刺すような痛みが走ったりもしたが、気分は晴れていた。

「おおっ」

驚いた研修医に手を引かれて、教授を訪ねた。

「耳が生えてきてるんですけど、これって何でしょうか」

「組織検査をしよう。順番を前にしてくれと頼んでおきなさい」

数時間後に研修医がさらに奇妙な表情を見せた。

「あの……生体組織じゃないそうです」

「じゃあ、なんだ」

「それがわからなくて他の実験室に聞いているそうです」

「あと何日かかるんだ。早くしろと電話を入れなさい。君たちはもう帰っていい」

教授は僕らを手で払った。

結果を待つあいだにも、耳はさらに伸び続けた。教授の呼び出しを受けて行ってみると、教授は惨憺《さんたん》とした顔つきになっていた。僕は惨憺という言葉を新しく学んだ。

「これが何かと言うと」

ケヒョンが緊張して前のめりになった。

「チョンビョンなんだよ」

教授のうしろに立っていた研修医たちの目があちこちに泳ぎ始めた。ビョンは病という意味だけど、チョンビョンっていうのはなんの病気だろう。ふたたび尋ねてみた。ぼうっとした表情からして、ケヒョンもよく理解できなかったようだ。

「いや、だから、せんべい《チョンビョン》だって」

結局、いちばん親切な研修医が「お菓子のせんべい」と小さな声で教えてくれた。ケヒョンは椅子から飛びあがった。せんべい？

「心配することはない。よくわからないが、ウクライナに似たような症状の患者がいたらしいんだ。耳じゃなくて鼻だったがな。軟骨と関連があるのかもしれない。とにかくその患者に関するケースレポートの翻訳を依頼しておいたから、少し待ってみることにしよう」

「ウクライナ……」

「小麦の生産地だ。穀倉地帯。グルテンカーティリッジ・シンドロームと言われてるらしいんだ」

教授は確信のない顔でそう言った。医大に来て何よりもしっかり学んだことといったら、医者が嘘を言うときに作るべき表情だというのに。僕がなかなか受け入れられずにいると、教授はあの不思議な説明を何度も繰り返していた。

僕の耳からお菓子が生えているらしい。

緊張のせいだろうか、毎朝、寝たときと変わらない姿勢で起き上がるようになった。起きてみると隣の部屋の女がゲロを吐いている音が聞こえてくるときがある。似たような時間にしょっちゅうゲロを吐くから、健康に問題でもあるのではないかと心配になった。

もともと一つだった部屋を二つに分けているために、僕たちは電気代と水道代を折半して払っていた。いま考えてもあれはとんでもない部屋だったと思う。前から住んでいる隣の女のところに請求書が届くと、女が付箋に半額を記入して玄関ドアに貼ってくれた。僕は薄い壁の向こうの気配をうかがって女が家にいるときにお金を持っていく。二千六百四十ウォン、三千八十ウォン、おつりが出ないように気を使った。付箋にはいつも、風邪を引かないように気を付けてください、ごはんをちゃんと食べてくださいね、よい一週間になりますように、といった親切な言葉が添えられていたので、廊下ですれ違うときには笑顔で挨拶をした。

ガス代は別々だったが、女もガス代を節約しようとしているのか、寒い週末には僕が入り浸っているカフェのチェーン店によく現れた。そのときも目で挨拶をした。

ある日、僕はお節介から女に話をかけた。

「お体は大丈夫ですか」

女はびくっとしたが、すぐに理解したような顔をした。嘔吐の話をしているのだと。

「たいしたことじゃありません。豆アレルギーがあって。生まれたときから」

「豆?」

「韓国人で豆アレルギーがあると大変なんです。料理に豆をよく使うから。それに味噌も醤油もみんな大豆で作るでしょう? 食べられるものが何もないんですよ。できるだけ避けようとしても、いつの間にか口にしちゃっててね。そうすると一晩中高熱と痒みとじんましんと腫れと痛みにうなされて、朝になると結局吐いちゃうんです。うるさいでしょう?」

僕はうるさくはないと、ただ少し心配になったのだと答えた。女は危険な感じがするほど痩せていた。確かに韓国料理で豆を避けることは難しいように思えた。

「アレルギーだとも知らずに、両親は私の離乳食を豆乳で作ってたんです。大事《おおごと》だったんですから。いまでも傷が残ってるぐらいです」

女が袖をさっとめくって腕を見せてくれた。

「こんな体質だと、本当はちゃんと自炊して、お弁当を持ち歩いたほうがいいんですけど、めんどくさくて……」

そうなんですね、と適当な返事をして帰ったが、年明けに、女は救急車で運ばれてきた。状態は見るからに悪そうだった。僕があたかも医師のような表情をしていたのか、女はいいわけでもするかのように小さな緑茶のペットボトルを差し出した。

僕は女の長い指がなぞる部分をゆっくりと目で追った。僕にでも簡単に読める文章だった。

「本品製造工場では牛乳、大豆、小麦、トマト、エビを含む製品を生産しています……」

女のために料理を始めたのはやはりオーバーなことだったんだろう。オゥヴァではなくて、オーバー。ここの流行り言葉っぽくいえば、超オーバー。いいわけをするならば、僕も病院のごはんが飽き飽きだったし、家から送ってもらった食材が箱に入ったまま溜まっていくのももったいないと思ったのだ。

いちばん上の箱を開けるとひよこ豆が出てきて、そっと蓋を閉めなおした。フムスを食べさせたら、女は死んでしまうかもしれない。ピーナッツもそのまましまい込んだ。幸いにも他の箱からは、サフランライスなど使えそうなものがいっぱい出てきた。実家で食べていたヨーグルトソースの味を出すことに成功した。少しだけ実家の窯と質のいいオリーブオイルが恋しくなった。

ドアに付箋を貼って女を部屋に招き入れて、玉ねぎ、カリフラワー、鶏肉とラム肉でもてなした。カリフラワーが韓国ではびっくりするほど高かったけれど、だからといって入れないわけにもいかなかった。いくつかのソースを目の前で作って見せると、女は面白そうにしていたし、初めて食べるというラム肉もよく食べた。レシピを書いて渡すと大事そうに受け取ってはいたが、絶対に作らないんだろうな、と女の表情を見てわかった。僕はなんでこんなに嘘をつく顔がよくわかるんだろう。なんて疲れる才能なんだ。

そのうち付箋を使う必要もなくなった。部屋と部屋のあいだの壁が薄すぎたので、女がいるかどうかなんてすぐにわかったのだ。ごはんができる頃になると壁を叩いた。すると女が返事をして、僕がメニューを教える。女はメニューの名前だけではどんなものかわからないだろうに、さっと来て、よく食べた。

そうこうするうちに女は、彼女になった。ごはんを食べるだけで別れるのもなんだから、音楽を聴いて、話をして、消化のために散歩をした。髪の毛をかきあげてやり、唇を拭いてあげて、体温を分かち合った。

耳をふっとばした男とは親友となり、食料品を搾取する（採取と言い間違えたら彼女が直してくれた）女とは恋に落ちていた。なんておかしな韓国滞在記だろう。


彼女と付き合っているのかどうか確信が持てなかった頃にも、僕たちは長く話し込んだ。僕の部屋でのときもあれば、彼女の部屋でのときも、それぞれの部屋に横になったまま薄い壁を挟んで会話をするときもあった。壁がなんの妨げにもならないひどい家だった。

彼女は僕が生まれた国についてよく知っていた。神殿と聖地と赤い砂漠と大小さまざまな街について尋ねては笑っていた。

「聖地の近くで生まれているのに、なんでお祈りをしないんですか」

僕はあまり恥ずかしくなかった。

「あまり好きじゃないけど、サムギョプサルも食べます。飲み会に行けば。もう誰も驚きません」

比較的宗教色が弱く、より近代化されていて、民主的な国だと僕は説明した。難民が出る国ではなく、受け入れるほうだと説明しながら、僕は久しぶりに少しばかり自負を感じた。

「本当に民主国家ですか？　確信持って言えるんですか？」

「じゃあ、韓国はどうですか？　確信、持てますか？」

そう言い返すと、彼女が眉間にしわを寄せた。二〇一四年だった。僕は彼女がしかめっ面になるのが嫌だったので、ふだんはおもに病院の話をしていた。

「子宮内膜の組織がときどき変なところにできて、生理のときに血を吐いたり鼻血を出したりする女性もいます。奇形腫にはときどき髪の毛とか奥歯とかが入っているときもあるし。あ、ケヒョンは産神みたい。先週だけ彼のところで赤ちゃんが六人も生まれたんです。彼は産婦人科医になればいいと思う」

産婦人科ローテート中のときだった。それから、

「眼科で使う手術用の糸は細すぎてよく見えないんです。光に照らしてみてキラキラ光ったらあるんだなと」

と、眼科ローテが終わり、

「八十代のおばあさんの目の下に五円玉ぐらいの皮膚がんができたんですね。一センチほ

どを残して切除しなきゃいけないのに、がんがかなり大きくて心配だったんです。でも手首の内側の皮膚を移植して、あっちへこっちへと少し引っ張ってみたら、目の下のたるみがとれたうえにまぶたも二重になって退院していきました。むくみも取れたら四十代に見えるかも。韓国の形成外科の腕はものすごいんです。乳がん患者の乳頭を再建する手術を見たことあるんですけど、あれはもうアートです。手術糸で形を整えてから茶色にタトゥーを入れるんです。お腹から皮膚を切り取ったときに脂肪がちょっと漏れたら、教授が全部さーっと集めて胸に注入してました。脂肪は吸収されるし、もったいないからって」

と、形成外科ローテも終了して、

「耳鼻科に行ったら、残念ながら雰囲気が最悪で。互いに殴りあって鼓膜を破ってから、治ったかどうか確認してたんです」

「患者たちが僕のことをバングラ先生と呼ぶんですよね。バングラデシュとはちょっと離れてるのに……頭のなかでとどめておくべきことを口にしてしまう病気みたい。目でボールを追うのが治療によくて、一日中卓球に付き合ってます。大変ですけど、卓球のほかに実習生にできることはないので」

と、精神保健学科ローテの番になった。おそらく精神保健学科ローテも終わりに差し掛かった頃だったと思う。彼女と初めて寝たのは。話をしているうちに眠ってしまって、目を開けると彼女が僕の身体を触っていた。身体はすぐに反応した。彼女の骨を薄く覆っている、おそらく僕の料理で出来上がったはずの皮下脂肪を触りながら恍惚感と達成感を同時に感じていた……その最後の瞬間に僕は悲鳴をあげてしまった。

頂点の瞬間に、彼女が僕の耳を嚙んだのだ。まともなほうではなく、お菓子でできたほうを。僕の叫び声は隣の隣の部屋だけでなく、上の上の部屋まで聞こえただろう。痛みはなかったが、ショックが大きかった。

「一体どうして……?」

壊れてしまうのではないかと思って洗いもしないで気を付けていたのに。彼女も少し慌てながら、あれ、なんでこんなことしたんだろう、と言って僕の耳たぶを吞み込んだ。

「タコ味のスナック?」

「いや、ベーコンチップスだな」

「カニ味かもしれないよ」

赤い点々が見えるチップス状の耳が生えてきたとき、先輩たちが拡大鏡を持って集まってきた。しかしその耳も長くは持たなかった。僕があれほど怯えているにもかかわらず、彼女は絶頂を迎えるたびに僕の耳を嚙みちぎってしまうのだ。変態的な趣味だと思った。

アレルギー反応も起こさずによく食べているのだから、豆が入っていないのは確かだ。人の耳をボリボリと食べておいて「ごめん」って。それでも肉欲におぼれて彼女と交わり続けていた自分のせいでもある（肉欲という言葉が使えるほど熟語に慣れてきた。外国語を覚えるのに恋をするよりいい方法はない）。

それから片栗粉の耳が生えた。きのこの山やポッキーのベースのような硬めの耳ができたときは満足したけれど、おかきのような耳（グルテンカーティリッジって言ってなかったっけ？）のあとグミのような耳が生えてきたときは、半ばあきらめる気持ちになった。初めは耳をちゃんと管理するように注意していた教授も、次第にどんな耳が生えてくるのか気になって、僕を急かすようになった。みんなは情けがなくなり、僕は情けなくなった。

「それでも、翻訳を頼んだケースレポートによると、いつかは止まるらしいんだ。いつまで生えるかを試してみるためにも、ごはんをしっかりと食べなさい」

ウクライナ人の鼻はもう生え変わらなくなったのか。僕は自分の耳が生え続けてほしいのか止まってほしいのか、よくわからなくなった。

教授のあいだでは僕のことが噂になっていたらしく、ある日、シャワー室で隣同士になった外科の教授が、仕切りの向こうから水を飛ばしてきた。僕が顔を青くして耳をかばってもやめなかった。そもそも仕切りの向こうからのぞき込むのはセクハラじゃないか……

韓国もまだまだ先が遠い気がした。

「おい、そこの君、おまえたちはオレのことが嫌いだろ?」

「はい?」

「オレの陰口を叩いてるんだよな?」

「そんなことありません、好きです」

「誰がオレを好きだって?」

「ケヒョンが特に」

「そうか、あいつがオレをいちばん嫌ってんのか」

この教授、よく見るといつかの授業時間にキムチの汁がついた白衣を着てきて、こんなに大きな汚れがあっても気が付かないんだから、おまえらは外科医になる資格なんてない、と怒鳴り散らして教室から飛び出した人だった。それは気付いたかどうかの問題ではなく、それを指摘できる力があるかどうかの問題なのに。勝手気ままで、ヘンテコな人だと思う。僕は韓国の教授が特別に変わっているのか、どこでも教授というのは変わり者なのかが気になった。

「俺が独島《ドクト》だなんて、信じられないなぁ」

ケヒョンのこのつぶやきの意味が、僕はつかめずにいた。

「独島？」

「スマイルさん、成績が平均値からずっと離れている人を独島って呼ぶんですけど、オレやばいっすよ」

「韓国人は独島が好きなのに、どうしてそんな意味で使うんですか？」

するとケヒョンが目を細めて、僕を見つめてきた。

「日本人が独島で冗談を言うと思います？　韓国人だから言うんですよ。冗談にできないと、本当に好きとは言えませんからね」

なるほど、一理はある。成績が平均値から遠く離れてしまって独島となったケヒョンは、ときどき僕を見て「外国人より下だなんて、恋なんかしてる外国人より下だなんて」と声に出して嘆いていた。それは声に出して言うことではないと思ったが、あまり努力せずにいい成績がもらえた気がして僕も後ろめたくはあった。アルバイトを減らせない限り、ケヒョンの成績向上は望めないだろう。彼の状況が残念すぎる。ビリヤードをやるときもゲームをやるときも、わざとケヒョンに負けてやった。幸い、気付かれてはいないようだった。

「それで、彼女さんはどんな人ですか」

とケヒョンに聞かれて初めて気が付いた。彼女について知っていることがあまりにもないと。自分ばかりしゃべってしまったと。ふだんはそんなにしゃべるほうでもないのに、どうしてだろうと思い、うろたえた。

「私、記者ですから」

私がそう仕向けたんですよ、と言って彼女は笑った。それから少しばかり暗くなった表情でこう付け加えた。

「記者でした、と言うべきか」

住んでいるのが大学前だし、安普請だし、彼女のことも当然学生だろうと思っていた。大学院生ではないかと思ったのだ。学生時代の話をたくさんしていたし、そんな勘違いをしたのにもわけはある。彼女の説明によると、勤めていた新聞社が引っ越しをする暇もないぐらい忙しく、職場の近くは家賃が高すぎたため、安くていいと住み着くようになったという。いつか引っ越そう、引っ越そう、と思っていたが、そうこうするうちに「待機状態」になってしまって、もう二度と他のところに引っ越せない気がすると言った。待機状態って何？　なんのことかさっぱり理解できなかったが、彼女のほうはそれ以上言いたくない様子だった。

「慶州《キョンジュ》に一緒に行きませんか？　呼吸器内科の先生が、慶州を見学してレポートを出せば、実習を受けたことにしてくれるそうです」

教授の韓国文化に対する自負のおかげで休暇がもらえ、彼女も慶州巡りに付き合うとあっさりと返事をしてくれた。それからどこで借りてきたかわからない、決して安全そうには見えない古い小型車を運転してきた。車の状態は最初の印象を裏切らなかった。車は高速道路を走るとすぐに、ガタガタと激しく振動し始めた。僕は高速鉄道に乗ってみたかったのに、一回は必ず乗ってみたかったのに、と心のなかでつぶやいていた。慶州巡りには車があったほうがいいというのが彼女の言い分だった。

「私、運転うまいでしょ?」

浮かれている彼女に、僕はしかたなく調子を合わせた。

「昔バイクに乗ってたんです。取材現場まで急いで移動しなきゃだし、駐車も比較的楽ですからね。でも事故に遭ってから乗れなくなっちゃったんです。車もこうして乗ってみると悪くないですね。もともと運転がすっごく好きだったし」

僕は車の天井に付いている手すりをつかみたくなる気持ちを抑えつつ、ガラガラいう車はバイク同然だと、また心のなかで思っていた。

「記者の仕事、向いてそうですね」

この言葉だけは、声に出して言うことができた。

「なんで？　何を見てそう思いました？　私ってそんなに生意気？」

「韓国でも記者は生意気ですか？」

「世界中の記者がみんなそうなんじゃないかな」

「いや、そういう意味じゃなくて。記者という職業とあまり合わないんです」

「言ってることがよくわからないけど」

「どこも合わないんです。でもだからこそうまくやれる仕事じゃないかなと。合わなくて、独りよがりにならないとできないような仕事？」

実際はこれよりもちぐはぐな話になっていた気がする。だけど彼女は意味をしっかりキャッチして喜んでいた。

「不思議ですよね。本当に近い人にもわかってもらえないことを、全然違う環境から来たあなたがわかってくれるんだから」

「そんなに違わないです。思ってるよりは」

そうですか、と言って彼女は、慶州までずっと嬉しそうに、頑張って運転をしていた。

彼女はルートを考えるのも計画を立てるのもうまくて、僕は観光案内図に載っているところを存分に楽しむことができた。博物館に行って、ドラマ撮影場所にも寄って、丘のように見える丸い緑の墓地も見物した。いろいろな記憶があいまいになってきたが、慶州五陵のことはいまでもはっきりと覚えている。

「王様の身体が一度昇天して、五つの欠片になって落ちてきたそうです。それを一つにまとめて埋蔵しようとしたら大きな蛇が現れて邪魔をしたから、バラバラのままに埋めたんですって」

奇妙な伝説だった。法医学科の教授が喜びそうなネタだと思った。教授の趣味は、学生たちにごはんをおごるとき、「病気になったらちゃんと他の先生のところに行くんだよ。俺んとこだけは来るんじゃないぞ」と脅かすことだった。

「母方の祖父がここで祖母にプロポーズをしたそうです」

彼女が言った。

「……墓地でですか?」

「見晴らしがいいですからね。でもそんな理由じゃなくて、曽祖父が、つまり祖母の父がこの王陵の番人だったそうです。当時番人は、陵の隣に立てた家で住み込みをしていたから。祖父が、娘さんと結婚させてくださいと縁側で大の字になって懇願したんですって」

「すてきな話ですね」

ふと僕もここで彼女にプロポーズをしてしまいたいと思ったが、それは叶わないことだった。僕はもうすぐ韓国を離れなければいけない外国人だったから。赤い砂漠に一緒に帰ろうと誘うには、目の前の墓地に生えている草があまりにも青かった。

慶州の観光ホテルでも彼女は僕の耳を噛みちぎった。名物の慶州パンのようなものが生えてくるかも、という予想を裏切って、それから当分はパイのようなものが生えてきた。正確にはパイの皮だけのパリッとした耳だった。慶州に行ったのにどうしてパイなんだ、と突っ込みたくなった。

耳を食べてしまった代わりに、彼女は慶州報告書を一所懸命、一緒に書いてくれた。韓国語を書く能力は、あの報告書を書きながら身につけたものと言ってもいいほどだ。

でも、教授はおそらくあの報告書を読んでいないはずだ。

短かった休暇が終わり、しばらくストレスフルな日々が続いた。実習の試験が控えていたのだ。僕はどっちみち帰国してから試験を受け直さなければならなかったが、周りにつられて一緒に緊張していた。いい成績をもらいたかったのではなく、目立って悪い成績をもらいたくなかった。ここ最近、ドイツと日本からも交換留学生が来ていて、もっと早くから来ている人間として負けたくないというある種の防御的な競争心が芽生えていた。患者は実力より気持ちだけが先走る実習生たちのミスをなんどか見逃してくれ、ついには

「本物の医者を出せ！」と怒鳴りつけた。

「俳優が来る？」

「そう、本当に俳優が来て患者役をやるんですって」

「プロの俳優が？」

「おそらくふだんは演劇をやってるんでしょうね。毎年アルバイトでここに来てますよ」

「じゃあ、僕たちが本当に診察を？」

「質問したり身体を触ったりします。紙の注射も打つし。でも気を付けてくださいね。あの人たち、オレらよりも詳しいんですって。ミスしたら笑うらしいですよ」

同期とグループを組んで練習しながら試験の準備をした。準備したかいもあって、結果はそれほど悪くなかった。ひとつの手順をうっかり飛ばしそうになったが、俳優のほうがビクリとしたので忘れずに済んだ。あとからその「ビクリ」が僕への配慮だったんじゃないかと思って感謝の気持ちになった。

そんななか、彼女は会社のことがうまく立ち行かなくなり、僕がせっかく増やしてあげた体重がぐんぐんと減っていった。一度もまともに話してくれたことはないが、彼女からの話のピースを集めるとだいたいの絵が完成した。彼女と先輩たちは、自社の新聞社と放送局との不正と経営陣の怠慢を報道し、その結果としてクビになってしまった。

内部告発者《ホイッスルブロワー》が被害を受けることはよくあることだ。想像のなかで彼女に本物のホイッスルを咥《くわ》えさせてみた。銀色の小さなホイッスル。彼女が頰を膨らませると鳥のさえずりのような音がした。彼女によく似合っている。正しいトラブルというものもあるはずだ。組織は正しいトラブルを巻き起こす個々人を大事にすべきだと思うが、なかなかそうはいかない。彼女は珍しい鳥のようだった。あれほどに大事な存在をどうしてほしがらないのか、どうしていじめるのか、僕としては理解に苦しんだ。

　彼女たちが報道した内容は、すべて事実だった。それなのに会社から懲戒処分を受ける根拠になったのは、入社時に署名した契約書と社内規則に記された「会社の利益に反する行動」に関する内容だった。しかし、不正を告発して改善を求める声が、本当に会社の利益に反することなのかどうかははっきりしない。よく考えれば、むしろ利益になるのでは？　不当な懲戒処分に反発して他の記者たちも声を上げ、経営陣が賛同者への編集権を妨害するなどして新聞社も放送局もまともな運営ができないほど事態は膨らんでいった。社会問題にまで発展すると、会社側が雇った用心棒が真っ先に、それから一足遅れて外部からの支援団体が駆け込んできた。

「いまは八方塞がりだけど、いつかよくなると思うわ」

　彼女が少し硬い表情で言った。

「私っていちばん先にクビになったけど、復職するのはいちばん後になるでしょうね。でも大丈夫」

ストレスのせいでか彼女の食欲は低下していたが、妙に性欲だけは増していった。彼女は鉤爪《かぎつめ》のある獣のようにしつこくしがみついてきては、薄い壁なんか気にもせず、新しい耳が完全に生える前に噛みちぎった。耳が生えるたびにむずむず痒くなるが、どんな種類のお菓子かを確かめる暇もないほどだった。

「キャラメルになったみたい」

肌色の話なんだろうかと思ったら、

「ううん、私がキャラメルみたいに溶けている気がするってこと。色じゃなく、温度、硬さ、触感、そういう話」

と、彼女が耳元に囁いたので、僕は思わず体をギクリとさせてしまった。それを見て彼女は、ビビらないでよ、と言って笑った。そうか、耳を食べてももう後ろめたくもないんだ。それぐらい気のおけない仲になったんだ。僕の耳を食べてでもふくよかになってくれればと願った。

何よりも心を苦しませたのは、帰国の日がだんだんと迫ってきていることだった。

今度は整形外科の教授が、雪嶽山《ソラクサン》の頂上で写真を撮ってこいと言った。少し戸惑ったが、朝鮮半島を貫く山脈巡りをさせられなかっただけでも幸いなのかもしれない。どうしてかはわからないが、韓国人はやたらと辛い食べ物と有名な観光地を勧めてくる。とにかく彼女と高速バスに乗り、頭をくっつけ合って居眠りをしながら雪嶽山へと向かった。いつ頃からか、ものすごいスピードで走るバスのなかでもびくびくせずに眠れるようになった。半分韓国人になったんだな、と夢うつつに思った。

靴底が滑りやすくて苦労した。僕が滑るたびに、彼女は笑顔で手を差し伸べてくれた。彼女の登山靴は年季が入っているように見えた。僕がネンキをネンギと言い間違えて、彼女は何度も言い直してくれた。

慶州で言えなかったことを、雪嶽山では言わなければと思った。

「僕と一緒に行きませんか」

頂で教授の指示どおり証拠写真を撮り終えると、僕は言った。

「え？　降りるときにはゆっくり歩幅を合わせてほしいということ？」

「いいえ、あなたと一緒に国へ帰りたいんです」

「ああ」

「ここはどうせ合わないでしょう？　豆も食べられないし」

彼女が静かに笑った。困ったときの笑顔だった。それからやせ細った腕で、だけど力いっぱいに僕を抱きしめてくれた。彼女の額からする汗のにおいが気持ちよかった。フレッシュな汗のにおいがした。植物を折った時にするようなにおい。僕は彼女の湿った髪に口づけをした。人生で経験した最も温かい拒絶だったような気がする。すでにわかっていたことだった。彼女はどこに行っても浮いてしまうが、だからこそ価値のある存在であるということを。どんな誘い方をしたとしても、彼女と一緒に帰ることは叶わなかったはずだということを。

別れが見えてくると、どうしてセックスがよけい楽しくなるのだろう。

雪嶽山の山小屋で、彼女の突き出た胸に頭をあずけて眠っていた。ふわりとした感触はなかったが、うずくような愛情が湧き出た。

「またここに来ますか？　僕と別れたらまた他の男と」

「雪嶽山には来ないようにしますね。他の山に行けばいいでしょ？」

「ほんと？」

「山なんてどこにでもあるもの」

その頃からだと思う。僕が最後に、彼女のためにできることは何かと考えをめぐらし始めたのは。

徹夜でリサーチをして、それから残っている留学資金をすべて投資し、ありったけの人脈を駆使した末に、ようやくまだFDA認証を得ていない食品アレルギー治療のための注射薬を手に入れることができた。副作用はあまり心配ないようだが、そのぶん効果もあまり期待できないらしい。でも完璧な治療を求めているわけではない。彼女が耐えられる程度には症状が和らいでほしい、ほんのちょっとだけでも豆に勝てるようになってほしいと思っただけ。じんましんは出ても救急センターには運ばれなくても済むようになってほしい。五十本もの注射薬をずらりと並べると、彼女は少し困惑した表情を見せた。

「私……大丈夫なのに」

それから帰国までの三カ月を有効に使おうという長いながーい説得をした。

「僕がいなくても、食べ物にちゃんと気を使ってくれますか？　外食しない？　ちゃんとできますか？」

彼女にそんなことができるはずない。救急センターにいくら運ばれたって、食事を毎回ちゃんと食べられるタイプではない。どうしてこんなにも自己管理のできない女性と恋に落ちてしまったのだろう。彼女にはいつもごはんより大事なことが多すぎた。

彼女はしかたなく僕の提案を受け入れ、僕は一日も休まずに、彼女のかわいそうなまでに平べったいお腹に注射を打った。

それから薬の効果をテストしなければいけなかった。最後の注射を打った次の日に、彼女が食べるものに豆を入れる。ごくわずかな量ではあったが、彼女のストレスを軽減するために豆の形状が見えないように調理した。アレルギー反応は依然として出たが、確かに症状が和らいでいた。抗ヒスタミン薬を飲ませたり、あらかじめ用意しておいたエフェドリンスプレー、アドレナリン注射を使ったりしないで済んだので安堵した。

彼女の症状が確実によくなっていることがわかると、今度はどんな豆をより避けるべきかを確かめておきたくなった。韓国で手に入るすべての豆を探し求めて、スーパーと市場に通い、サラダを作ったり煮たり揚げたり蒸したりして調理した。豆腐も自分の手で作った。水を抜き、厚さ五ミリに切った豆腐を焼いていたら、彼女が呆れた顔で言った。

「なんか感じ悪い切り方ですね。お豆腐をこんなに薄く切る人っていませんよ」

「いいから黙って食べてください」

彼女は薄く切った豆腐をおそるおそる口に持っていった。大丈夫だとわかっていても、怖がって、ためらっていた。ごはんを食べたあとは彼女の身体中を確かめた。アレルギーの確認から始め、最終的には耳を噛みちぎられた。

三カ月はあっという間に過ぎていった。

冬の朝だった。夜明けまで降っていた雪が止んだ。救急センターにも患者はいなかった。ぼうっとしていたケヒョンが突然起き上がった。

「ホワイトベッドだ！　ホワイトベッド！」

すると同期と先輩たちがざわつき始めた。誰かがカメラを持ってきて、また何人かが携帯を取り出してカメラを用意した。

「スマイルさんもこっちに来て」

何がなんだかわからなかったが、とにかく一緒に記念写真を撮った。撮ってから気付いたのだ。救急センターに患者が誰もいないことに。病院が開業して以来、幾度もなかったことだと言う。ホワイトベッド記念の写真がかかっている壁を見た。壁が写真で埋められるのはまだまだ先になるだろう。

その出来事は病院から僕への別れのあいさつのようなものだった。友達との送別会は、確かに楽しかったような気がするが、お酒の飲みすぎで記憶が飛んでしまった。ケヒョンが大声で泣いていたことだけは覚えている。何十年経っても、この話でからかえそうだ。

彼女がお店から豆で作った油を買ってきた。いたずらっぽい顔で二重包装を取っているのを横目に最後の荷物をまとめていた僕は、あれで何をするつもりだろうと考えていた。油の入った瓶を手に、流し台からマットレスまでゆっくりと骨盤を傾けながら歩き始めたとき、ようやく僕は彼女の計画に気付いた。ふだんは手が速いほうなのに、シャツのボタンを外そうとするたびに手が滑った。彼女は顔から笑みを消して、僕の鎖骨にぽたぽたと、恥骨ともよく間違えられる腸骨にもぽたぽたと、油を垂らしていった。彼女の舌と唇が斜めに僕の身体を横切り、ゆっくりと時間をかけて美しく、完璧に、流れる油を呑み込んでいった。続いての僕からのお返しは、僕と彼女だけの楽しい秘密になった。韓国はああいうところだから、誰かにいやがらせされやしないかと一度もここに明かせなかった彼女の名前のように。

彼女が最後に僕の耳を噛みちぎったとき、僕は彼女に頼んだ。

「きれいに噛んでくださいね」

なぜか僕にはわかっていた。もう耳は生えないだろうということが。

「なんの味ですか?」

「アーモンド、チョコ、バニラ、バター、砂糖、牛乳……豆?」

あの日何度もやりすぎて、それで耳が生える気力さえもなくなってしまったのかもしれない。どうでもいいことだ。傷口はちゃんと治っている。不思議なケースレポートになってしまった。メガネもかけないし、耳にかけるタイプのイヤホンもつかわないから大丈夫。ここでまた誰かと付き合うことになっても、耳だけはあなたのものだ。

空港に向かう道すがら、足の震えが止まらなかった。彼女も半分気力を失ったまま空港まで送ってくれた。空港のお土産コーナーであれこれ選びながら、かわいいと褒めたり粗末なつくりだと笑ったりしていた。泣いてはいなかった。高すぎるような気がする韓国料理屋でごはんを食べた。彼女はキムチチゲを、僕は味噌チゲを頼んで彼女にもスプーンで三回掬って飲ませた。最後に交わしたキスからはとてつもなく韓国料理の味がした。

出国ゲートの前で、彼女は両腕を僕の首に回してしがみついてきた。首辺りから深く息を吸い込み、僕のにおいを嗅いだ。それから耳輪ではなく、耳たぶを唇でそっと噛んだ。

「いつでも」

彼女が言った。いつでも帰ってきていいと？　電話してと？　メールを書いてと？　僕はその意味がつかめずにいた。そんなときはオウム返しするのがいちばんだ。

「いつでも」

僕も言った。

しかし、それが本当に最後だった。僕たちはメッセンジャーも、ビデオ通話もしないし、メールも書かず、フェデックスも送らない。彼女のそんなところが好きだったから、僕もそういう人になってあげたいと思う。並はずれた強い意志が必要だけど。

ここでときどき韓国人に出くわす。僕は韓国人のように韓国人を見分けることができる。そのまま通り過ぎることもあれば、機嫌がよくて韓国語で話しかけることもある。そうすると韓国人はとても喜ぶ。宣教を目的に嬉しそうに近づいてくることもあった。おかげで観光客と宣教を目的に来ている人を区別できるようになった。

韓国に行ったことがあると言うと、韓国で何をしたかを知りたがる人が多い。僕は冗談っぽく有名な形成外科で技術を学んできたと言うこともあれば、K－POPの芸能事務所で働いていたと悠々と嘘を言うこともある。外国語のレベルを判断するひとつの基準は、どれだけ嘘がつけるかなのかもしれない。あまりないことだが、たまに嘘をつきたくない日には、韓国で耳を失って、お菓子の耳が生えて、耳を噛みちぎる女のアレルギーを半ば治してあげたと言うこともある。

最近の僕の耳はとても乾燥している。そしてこれはたまにだけど、韓国に置いてきたサフランの減っていく音が、聞こえてくるときがある。

# 離婚セール

ギョンユンはイジェから送られてきたシンプルな招待メッセージをじっと見つめた。初めてそのことを聞かされたときはひどい冗談だろうと思った。でも本気でやるつもりらしい。なんてこった、離婚セールだなんて。友達六人で何日も話し合って時間を決めた。場所はもちろん、ギョンユンが二週間に一度訪れていたイジェの家。大小の家財道具を処分するのが主な目的だったけれど、彼女の決定を応援して支持するためでもあった。

ギョンユンが他の四人の友達よりも頻繁にイジェの家を訪ねていたのは、漬物のためだった。二人の家は歩いて二十分ぐらいと、他の友達の家よりも近かった。二人は料理がおいしくできたり量が多かったりすると、気兼ねなくすぐに電話をかけた。携帯の画面に相手の名前が表示されると、今度はどんな料理ができたんだろうと思うほどだった。少しばかり浮かれた気持ちで、イジェの電話に出ていたことが思い出される。

「先週実家から中くらいの大根がいっぱい送られてきて漬物にしたんだけど、食べる?」

ミニ大根よりは大きくて、大きい大根よりは小さいから中くらいの大根なのだろうか。他のところでも通用する呼び方なのだろうか。ギョンユンは考えた。イジェは一風変わった言葉のセンスを見せるときがよくあった。

すぐにイジェがやってきた。彼女が後部座席の床から取り出したガラス瓶には、普通の大根の醤油漬けが入っていた。ギョンユンは瓶を覗き、本当に中サイズなんだね、と言って受け取った。それから漬物のことをすっかり忘れてしまった。イジェが部屋に上がってお茶を飲んで帰るまで、瓶のふたさえ開けてもみなかった。

その日の夜にぶつ切りにした大根の漬物を、料理に合わせて自然な風合のお皿に盛りつけて出すと、先に一口食べた夫が妙な声をあげた。「うほう」に近い音だった。

「どうしたの?」

「これ何?」

「なんで? イジェからさっきもらったんだけど」

「食べてみな」

今度はギョンユンが感嘆した。「ほうほ」と小さくも大きくもない声が口から漏れた。甘酸っぱくて、ほどよくしょっぱかった。氷みたいな食感なのにちょうどいい柔らかさがあって、水分がよく抜けているのに硬くはない。

「びっくりするぐらいおいしい」

「だろ？　ただの大根なのにどうしてこんな味が出るんだろう」

玉ねぎも唐辛子も入っていなかった。使ったのは大根だけ。混じりっ気のない爽やかな味がした。二人は一度に何個も口に入れながら話を続けていると、あまり興味を示さなかった三歳の子どもまでが漬物をほしがった。ギョンユンはハサミを取ってきて、漬物を小さく切ってあげた。

「もっとちょうだい」

大きな瓶いっぱいの漬物が、たったの一週間でなくなった。

それから始まったギョンユンの研究は、涙なしでは語れないほどである。いくら工夫してみてもあの味にならない。失敗するたびにイジェに電話をかけた。醤油はどこのメーカー？　お酢は？　砂糖は？　やっぱり大根の問題かな？　イジェは面倒がることもなく、冬になると、智異山《チリサン》近くに引っ越した両親から、醤油と大根までもらってきてくれた。それなりに似たような味を出すことに成功したが、決して同じ味とは言えなかった。

「今度あんたの分も作ってあげるから、そっちを食べて」

「いや、それは申し訳なさすぎるよ」

「私もいろいろ作ってもらってるもん」

同じようなことがもう一度起きた。今度は小エビの塩辛が入ったコチュジャンチゲだった。小エビの塩辛とコチュジャンとズッキーニしか入ってないのに、ギョンユンにはその味を再現することができなかった。

「あのチゲ、また食べたい」

子どもがそう言うと、子どもを抱っこしていた夫までが唾を飲んだ。その姿を見たギョンユンはさっさと無駄な努力をやめて、イジェに電話をかけた。代わりに交換できる料理があったかな、と考えながら。

イジェの夫に新しい女ができて離婚すると、他の友達より一足先に聞かされたときには、よけい耳を疑ったものだ。もちろん結婚は、漬物やコチュジャンチゲでは維持できない、あまりにも複雑な合意のうえで成り立っていることをよく理解している。だけど、それでも、そうはいっても……ギョンユンはバタバタした一日の終わりに、寝床に入ってイジェのことを考えるのをやめられなかった。イジェには誰にも真似できないほどずば抜けた才能があるのに、そんな人を逃してすべてを台無しにするという馬鹿なマネをするんだろう。毎晩イジェよりイジェの夫に考えをめぐらせていたのかもしれない。

「友達だからって、イジェのことを高く買いすぎだと思う?」

ギョンユンが夫に尋ねた。夫はただ静かに、残った漬物の量に思いを馳せていた。

アヨンはイジェとギョンユンが近所に住んでいることをうらやましがっていた。六人で集まっているときに、誰れも知らない話を二人だけでしているのがいやだった。その内容がおかずのレシピについてのどうでもいい情報なのもいやだった。ふだんそんなに嫉妬深いほうでもないのに、高校時代はアヨンと親しかったイジェが、結婚してから妙に遠く感じられて寂しかったのだ。仲のいいグループのなかでもより仲のいい友達でいたかった。離婚することになったという連絡があったときも、自分が何番目に連絡をもらったのかが気になり、そんなことを気にする自分が少しばかりいやになった。

最もたくさんの話を聞かされているのは、アヨンのはずだった。職場でワークワイフ、ワークハズバンドと呼び合っているうちにそういう関係に発展したらしい、と話すイジェの声は驚くほどに落ち着いていた。よくある自然ドキュメンタリー番組のナレーションみたいだった。トカゲが交尾する様子を淡々と説明していくような声。ひょっとしてショックを受けているのではないだろうか。離婚セールだなんて。やはり一種の異常行動なのだろうか。

「それで、何買うつもり?」

同じくシングルで、数年前からより親しくしているミニに尋ねられた。二人は木曜日の夜によくご飯を食べたり映画を観たりしている。

「まだ決めてないけど、イジェのものは何でもほしいんだよね」

アヨンが本音を言った。イジェが身に着けたものは、なんの変哲もないカーディガンだって素敵に見え、誰もが履いているスニーカーさえも特別に思えた。

「23・5サイズを履くのは私とイジェだけよね。やっぱり靴にしようかな」

私たちは足のサイズも一緒だね。いつか十代のときに、靴を交換して履いては二人でひそひそ話をしていた。

「私は積み立てまで解約する勢いよ」

ミニにそう言われ、アヨンはこみ上げる悲しみが飛んでいった。

「なにもそこまでして」

「正直言って、私が六人のなかでいちばん無趣味じゃない。無色、無味、無臭なんてね」

「いや……そこまでダメじゃないよ」

「ダメって言われるほどの趣味がないから。自分でもわかってるから、慰めようとしなくていいの。マネキン買いみたいにまとめ買いでもしちゃおうと思って」

アヨンはミニの率直な気持ちを変に慰めるのはやめよう思った。イジェにいつもあこがれていた。そんな彼女に嫉妬したことがあっただろうか。高校時代を思い返してみる。男女共学だった。イジェの前髪が流行し、イジェの靴下を折って穿くスタイルが流行った。学期の初めには誰もイジェのことを知らなくても、夏休みの頃になるとクラスの男の子半分がイジェのことを好きになっていた。もっとかわいい子もたくさんいたのに。もしかしたらみんなはイジェよりも、イジェの周りに漂う空気のようなものが好きだったのかもしれない。一緒にいる人の心拍が穏やかになるような居心地のいい空間を作り上げる能力が、彼女にはあったのだ。イジェの近くだと、どんな角も輪郭もひと味違った印象を帯び始める。一緒にいる人のストレスを和らげてくれる不思議な才能の持ち主だった。アヨンはイジェが好きで、イジェと時間を過ごすときの自分が好きだった。嫉妬なんかしたことはない。ギョンユンを妬《ねた》むようになるまで、イジェの大学の友達と職場の同僚を妬んでいたことは認めよう。

「やっぱ結婚はやめとこうと思う。イジェでさえ失敗するのに自分にできるはずないもん」

我慢していたため息をもらしてしまった。

「そう？　私はそれでもしたいな。最近よけいそう思っちゃう」

ミニの考えは違うようだった。アヨンは話の続きを待っていた。

「生きていくのが怖くなったんだよね。また休職しちゃったら今度こそ退職になるかもしれなくて」

劣悪な仕事環境で悪名高い会社に入ったミニは、入社数年で病気を患ってしまった。休んだり復帰したりを繰り返すうちに、会社からいろんな圧力をかけられるようになったらしい。

「パートナーがいれば、他の職場が見つかるまで助け合えるから。最近周りにそういうカップルが多いのよね。新しい職場が見つかるまで支え合うわけ。でも私は一人で耐えなきゃいけないから。このままさらに体調を崩してしまったら……一人じゃ寂しいし怖くて」

「それは国が解決すべき問題じゃないかしら」

アヨンが恐る恐る問い返してみた。

「国なんか信頼できないし、四十代のことが……五十代のことが思い描けないのよ。先輩たちはみんなどこに行ってしまったの？　うちの業界は他よりも特にひどい」

ミニが身体の痛むところを手で揉み始めた。アヨンは腕を伸ばしてテーブル向こうにいるミニの手を握った。手が驚くほど冷えていた。

「イジェを誘って三人で暮らそうか。誰かが職を失ったら助け合ったりして」

「ほんと？　本当にそうする？」

思いつきだったけれど、それほど悪い話ではなさそうだとアヨンは思った。

子どもがいなくてよかった、いたらよけい大変だっただろう、とジウォンはイジェの離婚の話を聞いて思った。思うだけにした。そういうことを口には出すまいと努めていた。上の子は二歳で、下の子は一歳になったばかりだ。息子二人を育てているジウォンは、顔面神経麻痺を患った。二人ともひといちばい敏感な子で、子育ては容易ではなかった。怒りっぽくて気難しい義父の性格をそっくり受け継いでいた。眠りが浅く、偏食をして、何より突然かっとなる攻撃的なところが似ていた。両親とも、妹とも仲が良くて、四人家族になるのがずっと夢だった。それなのにいまではそんな自分の選択をしばしば思い返している。家族の幸せが、突然割り込んできた遺伝子なんかにこんなにも左右されてたまるもんか、とも思っている。

「朝起きてみたら顔に違和感があって。病院からは入院治療をすすめられたけど、そんなの無理だし。なんとか治したけど、いまでも疲れるとヒリヒリするね」

ジウォンの言葉に、みんな驚いた様子だった。このグループで子どもがいるのは、ジウォンとギョンユンの二人だけ。それにギョンユンの娘はジウォンからすれば五人でも育てられそうに思えた。比べないようにしようと思っても無駄で、みんなは幸せそうなのに自分だけが奈落に落ちているような日々が続いた。傷だらけの心を見せないように頑張っていたけれど、ときどきさらけ出してしまう。みんなの話が、あまりにも甘ったるい愚痴に聞こえて、気を尖らせてしまうのだ。そのたびにみんなの唖然とした表情を見て、ジウォンは一層みじめな気持ちになった。

「ベビーシッターを雇うのは厳しい？」

ソンニンの話に、ジウォンは頭を振った。

「そうね、家計的にも厳しいし、実は雇ったこともあるけどみんな長く持たなかったわ。うちの子は大変って大げさに言ってるわけじゃないわよ。ベテランでも逃げるんだから」

「あんたの実家とかダンナさんの実家に預かってもらえない？」

今度はアヨンが聞いた。

「実家に預けたら親と大ゲンカになっちゃって。しつけには一貫性が大事なのに、なにをやってもよしよし、もっとやってもいいよ、走ってもいいよ、押しちゃってもいいよ、投げてもいいよ、なんでも好きに食べていいよ、眠くなかったら寝なくてもいいよって……あんなことされたら次の日いつもより二倍大変になっちゃうのよ」

「面倒を見てもらえるのはありがたいけど、それじゃね」

ギョンユンが言った。

「二人とも男の子だからかも。男の孫って、娘とか嫁よりランクが上なのよね。心のなかのランクが」

「そのうち落ち着くって。甥っ子も姪っ子もあっという間に大きくなったし」

慰めようとするミニの言葉が、ジウォンの気をよけいに逆撫でしてしまった。子育てって甥っ子や姪っ子の面倒を見るとのは違うのに。理解してもらえないというもどかしさがあった。友達への寂しい気持ちが募るばかりなのは、会う頻度が減ったからでもある。一回、二回はジウォンの家近くまで遊びに来てくれていたのに、いまやすっかり足が遠のいてしまった。子どもがいない人はびっくりした様子だったし、ギョンユンも上の子が彼女の子を殴ったせいでジウォンを避けているようだった。最もバリバリ働いているソンニンは、ジウォンの子どもを見て「結婚はしない」と気持ちを固めたらしい。

イジェだけがときどき訪ねてきてくれた。頭のなかでどんなことを考えているのかよくわからない子で、六人のなかでも特に仲のいいほうでもなかったのに、わざわざ足を運んできて一緒に時間を過ごしてくれた。イジェがいるからって息子たちが大人しくなるわけではないけれど、大人がもう一人いるだけでかなり楽にはなった。イジェは淡々と子どもたちと付き合ってくれた。

「イジェは？　おととしに妊娠を考えてるって言ってたよね」

ジウォンはイジェも子どもを産んで一緒にお出かけができたらいいのにと思っていた。

「うちは産まないことにしたの」

「なんで？　私を見たら子どもを産むのが嫌になったわけ？」

声を尖らせてしまった。イジェはジウォンの顔をしばらく見つめると、こう打ち明けた。

「夫が子どものときにおたふく風邪になって、その後遺症で不妊になったみたい。それが去年わかったんだけど、そう言われてみると、子どもがほしいという切実さが自分にないことがわかってね……自然とそんな結論が出たの」

気楽な相手とはいえ一線を越えてしまったことに気付き、ジウォンは慌てた。謝ることも謝らないこともできずにあたふたしていた。言い訳半分、嘆き半分で話を続けていると、かえってイジェがジウォンを慰めてくれた。

「いいんだ。アヨンが観たドキュメンタリー映画で言ってたらしいんだけど、人間の脳は二十五歳から三十歳ごろまでのあいだに完成されるんだって。だから子どもの性格は、これからどんどん変わっていくはずよ。ずっといまのままではない。それにジウォンって一貫した育児をしてるわけだし。誰にでもできることじゃないのにね」

当時はまたどうでもいい話をしていると思って聞いていたのに、ジウォンはイジェの言葉をしばしば思い出している。ずっといまのままではないはず、ずっといまのままではないはず、とおまじないように繰り返している。「一貫した育児をしてる」「誰にでもできることじゃない」という言葉も。ある日は「一貫した育児をしてる」に重きをおいて自分を褒め、またある日は「誰にでもできることじゃない」に重きをおいて自分を慰めた。だからジウォンは、子どもをどこかに預けてでもイジェの離婚セールに行かなければいけない。行って何か素敵な言葉を返さなきゃ。おまじないのような素敵な言葉を。

ソンニンは突然の電話でイジェを誘った。

「うちの会社に来ない？」

受話器越しでイジェがびっくりしているのがわかった。ソンニンは友達を驚かせるのが好きだった。大手の貿易会社で働いていたが、早々に独立して立ち上げたコーヒー焙煎機の輸入会社が成功し、事業を拡大中だった。会社をやめたときも、会社を立ち上げたときも、事業が軌道に乗り始めたときも、みんなはびっくりしていた。ソンニンは自分の成功を淡々と受け入れた。よく考えれば、それほど驚くことでもなかった。韓国のコーヒー消費量は世界六位だし、韓国社会ってカフェインで回っていると言っても過言ではないぐらいだから。ソンニンは一足先に動いただけなのだ。

「私にできることがあるかな？」

「それは来てから考えればいいよ。いま仕事が必要なんでしょう?」

結婚と同時にやめるまで、イジェは小さなアニメーション会社で企画の仕事をしていた。その後会社はいくつかのヒットを出し、輸出もたくさんして、規模をどんどん拡大していった。イジェが仕事を続けていたらいまどうなっていたんだろう、とソンニンはいつも残念に思っていた。頭のいい子だから、会社に入ればすぐに慣れるだろうとも思った。

「実は何年か前からフリーで働いてるの」

イジェが恥ずかしそうに打ち明けた。

「ほんと? どうして言わなかった? フリーランスって大変じゃない?」

今度はソンニンが驚く番だった。

「どこで? いつから? 何やってるの? 稼ぎはよくて?」

ソンニンにはびっくりすると質問攻めしてしまう癖がある。

「会社の人とずっと連絡をし合ってたの。私が企画したアニメのシーズンが延長されてシナリオがたくさん必要になったのに、作家が足りなくて。二年ぐらい前に提案されて迷ったけど、やってみたら意外と性に合ってたんだよね」

「そうか」

「そう、キャラクターもテーマも全部決まってるから……あとはストーリーをつくるだけ。

こっちからあっちまでを繋げればいいわけ。順番どおりに、ルールを守って」

「お金はちゃんともらえてる?」

「映像五分で八十万ウォン、十分で百三十万ウォンぐらいもらえるよ」

「割は結構いいね」

「ただ一回で書き終わらないから、三校、四校まで直すとなるとスケジュールがかなりタイトなの。二週間で仕上げなきゃいけないから結構大変ではあるんだよね」

「収入は足りてる?」

「そのときそのときで違うんだけど、一カ月にいくつまで書けるか試してみたら会社員やってたときよりよかった。フリーでやると不安定だし、身体をこわしやすくはなりがちだけどね」

「でもいいね。いまの仕事を続ければいいか。だからこんなにもあっさりと離婚できるわけか」

ソンニンが嬉しそうに言った。

「あっさりとした離婚なんかないよ」

イジェが笑った。

「女性には仕事がいちばんだ、お金がいちばんだ、でしょ?」

「私は運がよかったけど……」

安心したあまり、ソンニンはイジェの続きの言葉に思いを寄せなかった。

離婚セールの当日、やってきた友達に玄関を開けてくれるイジェの様子はいつもと変わらなかった。

まずはお茶を飲んだ。きれいなトネリコの木で作られた六人がけのテーブルで。アヨンはそのテーブルを見るたび、イジェが自分たちのために買ったものだろうと思っていた。テーブルの角に指を触れてみた。イジェが焼いておいたゆずジャム入りのパウンドケーキを冷蔵庫から出してきた。何度も食べたことのある味なのに、またよだれが出た。

「私、この前の健康検診でポリープが見つかって、切除手術を受けたの」

ギョンユンが複雑な表情で言った。悪性ではなかったけれど、安心していいものでもなかった。放っておいたら十数年後には危なかったかもしれない。がんよりゆっくり大きくなるものだけど、転移してしまえばがんと変わらない、そんな腫瘍だった。

「私も胸にしこりがあってマンモグラフィ検査をしたけど、あれはなんていうか、ドリルだね」

ソンニンも自分の話を打ち明けた。

「怖くない？　私たちを殺すかもしれないものが、身体のなかで育っているのって。鍾乳洞窟にでもなった気分だよ。お医者さんからチーズもバナナもチョコレートもアボカドも食べちゃいけないって言われちゃった」

「くっそー、おいしいものばっかだ」

「くっそー」と言うミニの発音が歯切れよくキマっていて、みんなはゲラゲラ笑った。ミニも健康上食べられないものが多かった。鉄さえ食べられそうだった昔の思い出が、まるで捏造された記憶のように思えるほどだった。

「お義母さんがつい最近手術を受けたの。タイミングがちょっとね……それだけが気がかりで。お義父さんとお義母さんには会いたくなるかも」

どうにか離婚の話題には触れないようにしていたのに、イジェから話を切りだされ、みんなは一瞬固まってしまった。

「二人は一度も私に不満を言ったことがないの」

ギョンユンとジウォンはそれがどんなに難しいことかわかるかのように頷いていた。

「あ、こんなことはあったな。八百屋ですももを買ってもらったときに、私が選んだものが小さかったらしくてね、お義母さんが袋から全部取り出して選びなおしたことはある。でもそれはすももが小さかっただけの話だしね」

イジェが笑った。すももって、アヨンは首を振った。

「そんな両親の元で、どうしてあんな奴が生まれたんだろ」

ソンニンがしかめっ面をして嘆いた。

「そんなのランダムだから。先代の遺伝子が突然発動することもあるって。絶対、浮気遺伝子があったのよ」

ジウォンがソンニンに言った。

「そうじゃないの」

イジェが小さく言った。いつもと声が違う。何かが消されたような声だった。

「不倫じゃなかった。不倫だと思ってたけど、そうじゃなかったの。私も他の人につい最近聞かされたんだけど……。夫にすぐに打ち明けられて、それでも正直者ではあるんだと思ってたの。でもそれは、本当のことを私に知られたくなかったからみたい。もしくは自分でもそう信じていたかったのかもしれないし。誰にも本当のことを教えてもらえなかったけど、やっとわかった。飲み会の終わりに、夫が相手の女性をおんぶして行ったんだって。みんなは家に送るんだろうと思ったらしいんだけど……ずっと仲良くしてたから……彼女、意識がなかったって。あれは不倫じゃない。あれは……もうこの家にはいられない」

ぽたっと水滴の落ちる音がした。イジェはティーカップの金縁に指を触れていた。

「このティーカップ、ほしい人？」

突然離婚セールが始まった。


ティーカップはミニのものになった。イギリス、日本、中国、チェコから来た繊細な土器が緩衝材に包まれた。ミニはイジェの服を三割ぐらい、あとカバンも買った。

「入れとくスペースある？」

アヨンが心配して聞いても、ミニはたじろがなかった。アヨンは靴と帽子とヘアアイロンとラグとカーテンと洗濯機を買った。

「ヘアアイロンもいいの？」

「うん、手入れをしなくていい髪型に変えるつもりだから」

ギョンユンはしっかり手入れされた鋳鉄のフライパン二つと多肉植物を選んだ。それだけにしようと思ったのに、ついつい心を奪われ、照明スタンドとクッションも買った。ジウォンはベッドのマットレスとコードレス掃除機、食器洗浄機、化粧台に決めた。マットレスは子ども部屋に置いてトランポリンの代わりに使うつもりだった。みんなは無意識のどこかで、マットレスを悪魔のように踏みつけることが、一種の浄化儀式になるだろうと納得していた。

ポスターの入った額縁、テーブルとソファ、ブルートゥーススピーカー、冷蔵庫、机とプリンターはソンニンが持っていくことにした。会社に何もなさすぎていろいろ必要なものが多いと。ソンニンは大きな荷物を運ぶためにトラックを借りることにしたからと、他の友達の荷物もついでに一緒に運ぶと提案した。

それぞれの物に貼られた付箋には、あり得ないぐらい安い値段が書いてあった。上乗せすると言うと、イジェは首を振った。

「全部は売らなくていいんじゃない？　一人暮らしのときも必要なものだし」

ジウォンが聞いた。急に不安になった四人が、同時にイジェを見た。

「実は……見せたいものがあるんだ」

イジェはみんなを地下の駐車場に連れて行った。それから小さなキャンピングトレーラーの前に立ち停まった。まだ車につなげられてはいなかった。うそでしょ？　と思わずアヨンが声を上げてしまった。

「これでどこに行くつもり？」

「まだ特に決めてない」

やはり離婚のショックが大きかったんだろうと思った。

「なんとなく結婚って不動産で維持させられてる気がしたの。手に負えない金額の家を買って、借金を一緒に返すことで結婚生活が続いていただけじゃないかと。だからしばらくは動産だけで暮らしてみたいと思う」

ソンニンは真っ先に頷いた。

「危なくはない?」

ギョンユンが心配な気持ちを必死にこらえて尋ねた。

「どこに行ったたって女性は危ないよ。どう生きたっていつも危ないって」

ソンニンが代わりに答えた。

「ずっとこのなかで暮らすつもりじゃないよ。いろんなところを回って、気に入ったところで泊ってもみるつもり」

「ずっとお客さんでいられるのっていいよね」

ジウォンもイジェのアイディアに納得した。

「のぞいてみてもいい?」

ミニに尋ねられ、イジェがドアを開けた。六人が入ると、トレーラーのなかはいっぱいになった。

「私も連れてって。一緒に行きたい」

アヨンは断られるだろうと思いつつも、イジェと腕を組みながらそう言ってみた。六人は腕と脚を交差させて三十分ほどトレーラーに乗っていた。いつかずっと前に、よくこうして座っていたことを思い出しながら。

「一カ月経たないうちに、べそかいて帰ってくるかもよ」

イジェが天井を見上げながらつぶやいた。

「別にいいじゃん」

ギョンユンがイジェの膝に寄りかかって言った。トレーラーにはすでに荷物が積まれていた。少なすぎる。ステンレスの食器が数点、コットンとリネンと冬用の服がちょっと、あとはブーツとスニーカーとスリッパ、毛布が二枚、ノートパソコンとタブレットPCだけ。胸と脚が耐えられなくなってきて、六人はイジェの家に戻った。

「じゃあ、いまから贈呈品を配るね」

どっと笑い声があがった。イジェはアヨンにまだ開けてもいない化粧品をあげた。二人は肌のトーンがよく似ていた。紅茶の入った箱いくつかとティータオルはミニに、夫と一緒にやっていたはずのバドミントンラケットと小さなヒーターをジウォンに、ミニベロをギョンユンに、シュレッダーをソンニンに渡した。

「クジラを解体するみたいにさばいちゃったね」

アヨンは、物が元の場所から少しずつズレている、まだ物で埋まっているけれど、そのうちがらんとするはずの家を眺めながら言った。目に見えない点線を、切断線を、描くことができた。

「いつかこんな家に住んでみたかったなあ」

ミニがもう一度家の中をあちこち回っていた。

クローゼットに寄りかかっていたソンニンが、開けっ放しの引き出しからイジェのもこもこのパジャマズボンを取り出した。色鮮やかな化学繊維のズボンには、豚の絵柄がぎっしり詰まっていた。あっちこっちに笑顔の豚が描かれている。ソンニンはそのズボンをいろんな角度からたたんでは開いてみた。

「ほしい？　ソンニンって寒がりだっけ？」

イジェが聞いた。

「いや、供え物にちょうどいいなって」

みんなはソンニンの話にすぐ合点がいった。

「お祓いかあ。昔の人みたい」

アヨンがためらった。

「社長さんって意外と迷信を信じるんだよね」

ミニが呆れていた。

「これから遠くに旅立つんだし」

ソンニンは引き下がろうとしなかった。

「それでもパジャマズボンにお辞儀はちょっと」

みんなが渋い顔をしているあいだ、ソンニンは家のなかを漁って、コニャック一本と糸を見つけてきた。あまりにも遠慮なくあっちこっちを漁るものだから他の友達はびっくりしたけれど、どこをのぞいても全部きれいに整理できていて、イジェは別に気を悪くする様子もなかった。ギョンユンはソンニンにそっと同調して、スーパーで干しダラや餅など儀式に必要なものを買ってきた。


「お辞儀はしないよ」

イジェのトレーラーの前で、短いスカートを履いているアヨンが言い張った。

「じゃあ、こうしよう」

ソンニンはパジャマズボンを棚の上に置き、その前に糸を巻いた干しダラ、お餅を並べて一人でお辞儀をした。それからお猪口にお酒を注ぐと、みんなの指先をちょんとつけさせた。お酒から甘いにおいがした。チェリーとチョコレートのにおいが。

「これをタイヤに撒《ま》いて。それからイジェの無事を心のなかで祈ろう」

それぐらいは、とみんなはすんなりと受け入れた。指先についたお酒をタイヤに撒き、みんなは子どものように笑った。お餅を一口ずつ食べた。

「監視カメラで誰かが見たらどうしよう。そうとう怪しまれるよ」

ジウォンが監視カメラのほうをちらちら見ていた。見ないで、よけい怪しいから、とミニがジウォンの腕を引っ張った。みんなが一斉にイジェを抱きしめた。幸運を祈る言葉をイジェの耳にささやいた。

「完成された脳の下した判断を信じて進もう！」

この言葉が自然に言えたらとジウォンは何度も練習をしてきたけれど、やはりどこかぎこちない感じになってしまった。

ギョンユンは帰り道にアヨンの車に乗せてもらうことにした。車が団地を抜け出そうとしたときだった。イジェから電話がかかってきた。

「なんか忘れ物でもしたっけ」

と言って電話に出た。

「いまどこ？」

「まだ団地」

アヨンは団地の入り口に車を止めた。遠くから走ってくるイジェの姿が見える。手に丸いなにかを持っていた。

「なにそれ？」

「漬物石。水気を切るときに使うもの」

ギョンユンはずっしりと重い石を受け取った。車が動き出してからもしばらく、笑いを止めることができなかった。

# ヒタイとスナ

タイショク国とショウショク国との平和に危機が訪れたのは、第一次戦争からちょうど三十年を迎えたときだった。二十九年でも三十一年でもなくちょうど三十年なのは、休戦三十年記念に行われた戦争再現イベントでショウショク国の俳優がタイショク国の将軍を殺害したためだ。その場に集まっていた人たちは、なんてリアルな演技だと口をそろえ次の展開を楽しみに待っていたが、ショウショク国の俳優が声の調子を整え、過激な声明を発表し始めると、ようやく何かとんでもないことが起きていると気付いた。俳優の名は〈ミズウミ〉。ショウショク国の言葉では「さざ波のない穏かな湖」という意味なので、当時もあとにもたくさんの人を呆れさせたものだ。

タイショク国とショウショク国という名前には、国の名前によく使われたり（鄎）、炎を意味したり（焬）、繁盛の程度を意味したり（殖）する漢字ではなくて、食べ物を噛んで、呑み込むことを意味する「食」という漢字が使われる。両国の文化を極端に食べる国と極端に食べない国に要約することができるので、他の国々からそう呼ばれるようになったのだ。もちろんタイショク国とショウショク国には本当の名前が別にあったが、それはそれぞれの国の本質を表すものではなかったし、ころころと変えられてしまったために、いまではほとんど忘れ去られてしまった。

確かに、ショウショク国の食事法には変わったところがあった。主食はしっかりとした形状を持つ落雁。正多角形で、角の多いものほど特別食となる。正九角形が最上級品とされていたが、九つの角が九つの峡谷を意味するからでも、それ以上角が増えるとほぼ円に見えてしまうからでもあった。厚さは定規で測ったかのように均一で、色は入れる材料によって季節ごとに変わっていった。花、果実、葉っぱ、根っこなどで作った三十二種類の粉を使う。茶と落雁に加え、山羊の乳で作ったいくつかの食べ物が、ショウショク国の主食だった。たくさん食べないことと完璧な図形をいくつか口に含んでゆっくり溶かして食べることこそが最高の境地の食事法であり、同時に修行であると考えられていた。空腹感こそが精神的な高揚をもたらすいちばんの近道だと。

高原に位置するショウショク国と違って、タイショク国は港とその周辺に広がっていた。港街の住民たちは、土と海からのものならなんでも構わずに食べていた。見た目のきつい深海魚が海辺に上がってきたときも嬉々として料理を作った。異国の香辛料だって嫌がらずに使っていたので、いつも街中からスパイシーなにおいが漂った。手に入れにくい材料を、なかなか真似できない調理法でいろいろとたくさん作るのを最大の自慢と考えていた。最初のうちは上流階級だけがそんな贅沢をしていたが、だんだん景気がよくなると、タイショク国の国民ほとんどが、おいしいものを食べることをいきがいと考えるようになった。タイショク国は政治経済的な面からいって、よその国より平等ではあったものの、それは「あんたが食べているものを、私と一緒に食べようじゃないか」という心理が働いた結果だった。

二つの国のあいだには、実はかなりの距離があった。明確な国境の概念が生まれる前だったので、服属する城、都市、町で境界を定めなければいけなかったが、とにかく両国のあいだには砂漠があった。砂漠は誰の土地でもなかった。誰もほしがらなかった。わかりやすく図式にしてみると、西側のショウショク国—草原—砂漠—草原—東側のタイショク国といった感じになるだろう。近くもない国同士の戦争の引き金となったのは、砂漠周辺の草原で育つ花木の一種だった。後世の学者たちがその木について、灌木だの喬木だの亜高木だのと議論を交わしたが、なかなか結論は出なかった。もっぱら両国のあいだにある草原でしかその木を見ることができなかったのだ。針の形をした葉っぱは、肉を煮込むとき下に敷くと臭みを消してくれるのだが、そういう効果のあるものなんていくらでもあって、わざわざ遠くにまで行って採ってくる必要もなかった。蔓や根っこだって食用にも薬用にもならなかったが、五年に一度咲く花だけは、独特な香りがあった。か弱く小さな花は、最初のうちの白い色がピークになったかと思うと蛍光色に近い黄色になり、また色が抜け始めて散る頃になるとほぼ青色を帯びた白になって、花ごとポトンと落ちる。

ショウショク国では落ちた花を拾い、神殿で焚いた。貴重なものなので祝日にしか焚かなかったが、祝日が一年に三十二日もあったため、次の収穫期まで花を切らさないようにするには、配分にしっかり気を使う必要があった。配分に失敗し、政治の場から失脚した宗教家も少なくない。ショウショク国で祀っている神は「簡明なものの神」と訳すことができる。人格も神話もない神なのでどのように祀られているのか、外部の人間が理解するには難しい部分があった。ただそれでもショウショク国の人間が宗教問題にかなり厳しく、敏感に思っていることだけは十分に理解できた。ショウショク国で例の花は「最も簡明な花」あるいは「最も尊い粉」と呼ばれていた。

一方、タイショク国ではその花を「黄疸にかかった赤ん坊の乳首」という露骨で卑しい名前で呼んでいた。もともと食用として使っていたものの、特有の渋みがあるせいであまり人気はなかった。しかし、渋みをうま味に変えてくれる油が普及し始めると、花をほしがる人が爆発的に増加した。タイショク国では食べ物の流行ほど、絶対的で、破壊的なものはなく、人々は花を求めて砂漠を越え、ショウショク国側の草原にまで進出していった。タイショク国の人間は大胆だったし、先々のことを見越して取っておくなんていうことは考えられなかった。言葉どおり、種が尽きるまで採取してしまった。誇張でもなんでもない。タイショク国では宗教家と変わらない扱いを受ける料理研究家たちが、花が薄い黄色のときがいちばんおいしいと言ってしまったせいで、種ができもしないうちにすべてを採りつくしてしまったのだ。

花が引き金となって始まった小さな紛争が大きく発展していくまで、それほど時間はかからなかった。ショウショク国の幼い偵察兵が殺され、タイショク国の採取家たちが砂漠で失踪した。婚姻による外交が失敗に終わり、大使の首が切り取られて広場に掲げられ、お互いの家畜を奪い、船を燃やした。

三十年前の第一次戦争は消耗戦だった。両国がともに大きな打撃を受けた。多くが国力の強いタイショク国の勝利を予想したが、物資の補給を簡単に済ませられるショウショク国の、局地戦における戦闘能力も無視はできなかった。ふだんは肉料理をほとんど食べないショウショク国の兵士でも、戦争中には毎日、毎食、干した肉を食べていたからよく戦えたという笑い話が出回っていた。まったくの笑い話ではなかったらしく、戦争中に伝わったショウショク国の山羊肉のジャーキーは、タイショク国の人たちをも虜にした。二百回に及ぶ戦闘が繰り広げられ、遅ればせながら、どちらにも負け戦だという判断が下された。戦争は長く続いたが、和約は一瞬にして終わった。

戦争再現イベントで暗殺が行われて十五日目に両国は挙兵した。タイショク国が一足先に進撃し、ショウショク国は間髪を容れず立ち向かった。

両国は陣を取ったものの、戦いが起きぬよう注意を払った。まだ第一次戦争のことを記憶している者が生きていて、その多くは第二次戦争が起こることを望まなかった。ただ、長年の憎悪が、二の足を踏む軍人たちの身体のなかでうねりをあげていた。木柵のなかに六万人あまりが集まっているタイショク国の兵と、少し高い場所を占拠している四万八千人あまりのショウショク国の兵のあいだには緊張感が漂っていた。草原と砂漠の境だった。幸いにも暑さはかなり和らいでいた。ショウショク国から近い場所ではあったが、タイショク国とは違ってショウショク国の兵は柵を作らなかった。

「怖いもの知らずだな」

タイショク国の警備兵がショウショク国を見て言った。

「だから来世を信じる国とは戦争しちゃいけないんだ。こっちは死んだら肥料になると怖がってばかりいるのに、あっちは平然としてるからな」

「死んだらどこに行くと信じてるって？」

「どこだったっけ。『最も簡明な世界』とか言ってたな。どこか知らんけど、行ってみたいもんだ」

「料理はおいしくないさ」

「そりゃそうだ。確かに腹は空くだろうな。やっぱりナシにしよう」

そのときだった。三十年ものあいだに射程距離がどれほど伸びたかを自慢するかのように、ショウショク国から一本の矢が放たれた。檄文が長い帯のように付いていた。矢は警備兵がひやっとするほど近く、脅やかすように突き刺さった。


**屠《ほふ》る者どもよ、おまえたちの下水あふれる街へ帰れ。**

短くて強烈なメッセージが綴られた手紙は、ただちにタイショク国の大臣がいる小屋に届けられた。大臣とはいっても誰かの臣下ではなく、権力の頂点に立っている政治家たちだったが、大臣たちは王政のなごりのその呼称を使い続けていた。謙遜しているようにも聞こえるし、「私がこの国の臣下だ」と言って格好をつけることもできるからだ。小屋の大きな椅子には、小柄な少年が一人座っていた。ショウショク国の言葉がわかるという理由で呼ばれてきていたのだ。少年よりショウショク国の言葉が話せて、文字を体系的に理解できる者は、残念ながら戦争再現イベントに参加してショウショク国の高原都市に抑留されてしまった。そんな役目に就く資格がないのに、他人に降りかかった不運のために自分が呼ばれていることを、少年はよく理解していた。そして意気消沈していた。少年の名前は〈スナ〉だった。正確には、砂漠にめずらしい雨が降ってから一日二日ぐらい少し乾いて足を取られなくなった爽やかな状態の砂を指す名前だったが、タイショク国にしかない言葉で、訳すのは難しい。スナの家族は砂漠を行き来する商人で、タイショク国とショウショク国を一年に何往復もしていた。特に、第一次戦争のあとからタイショク国で人気を博している山羊の肉と乳製品を取り扱っていた。肉は砂漠を渡る前に燻製にする必要があった。肉の刺さった串をくるくる回すのがスナの仕事で、肩は人一倍しっかりしている。スナはショウショク国の人質になっている家族が心配だったし、お腹を下してあれこれしているうちに一人とり残され、自信のない仕事を任されている今の立場に不安を感じていた。商売で言葉を覚えた人間がたいがいそうであるように、スナも会話は流暢だったものの、文字の読解力にそれほどすぐれているわけではなかった。スナはその場で気を失ってしまいたいと思いながら、ショウショク国の檄文を手に取った。

「キリトルモノよ、あなた方の運河の街に戻りなさい……そんな意味じゃないかと」
「すぐ帰る気なら、ここまで来やしない」
わざと軽蔑のニュアンスを取り払ったのではない。食文化が発達したタイショク国では、屠畜の仕事が高く評価されていた。祭りの際には、さまざまな種類の家畜を逆さまにぶら下げ、誰がいちばんきれいにさばけるかを競うほどだった。そこで認められた屠畜業者には〈キリトルモノ〉という称号が与えられた。下水あふれる街を運河の街と訳したのは、乏しい語彙力で辻褄を合わせた結果である。実際、タイショク国は港周辺にある運河で有名だったのだ。タイショク国の大臣もすぐに返事を書き、それを矢に付けた。

**例の俳優とその仲間を縄で縛って寄越せ。彼らを引き取るまでは帰るまい。**

返事は、九つの峡谷を代表する家紋長が集まる焚き火の周りで、祭司長の弟の代わりに同席した〈ヒタイ〉の手に届けられた。〈ヒタイ〉はショウショク国の女の子にありふれた名前だった。ショウショク国の祭りでは髪を後ろに結いあげた女性の額に希少な粉で図形を描くのだが、そのために広くてきれいな額がひとつの美の基準になった。だが〈ヒタイ〉は、その基準にはとうてい及ばないほどの狭い額を持っていた。生まれたばかりのときは髪の毛がなかったので、親が実際の見た目とはかけ離れた名前を付けてしまったのだ。額も、その他のところも、あまり美しくはなかったが、三十年前の危機一髪の際に戦争をふせぐため行われた最後の婚姻外交の当事者だった。つまりヒタイは、タイショク国で二年間暮らして戻ってきた唯一のショウショク国人だった。

「宝石と宝石を糸でつないで送れと言ってます。宝石の首飾りをもらうまでは帰らないと」

ヒタイはスナに比べ、タイショク国の文字に長けていたが、勘違いをしてしまった。よりによってタイショク国の言葉では、俳優と宝石が同じつづりだったのだ。ここでは明らかに将軍を暗殺した俳優のミズウミとその仲間を意味していたが、周りの国々がショウショク国の貴金属鉱山を数百年にわたって狙っていたために、ショウショク国の人たちが抱いている被害妄想は根が深かった。ヒタイも同じで、瞬時に宝石のことを思い浮かべて、それから別の意味を思い出すことができなかった。両国のどちらかだけでも相手国の文字を並記していれば起きなかったはずの誤解が立て続いたが、最も気を張り合っていた時期だったし、相手の文字を使うなどの選択肢はあり得なかった。

「こういうときまで宝石を求めやがって、あいつらはどこまで貪欲なんだ」

「大食いだからです。ある欲の終わりと他の欲の始まりとは隣り合わせですから」

「それにしても補償は必要でしょう。気のふれたこちらの人間があちらの将軍を殺してしまったんですから」

「宝石の首飾りは、どのようにして用意しましょう」

「一族ごとに一つずつ用意してはどうでしょうか。最も輝くものだけを送って、それで引き返してもらうのです」

ヒタイは自分のテントに戻ると、首飾りを作りながら三十年前に失敗に終わった結婚生活を思い出した。当時まだ十四歳で、国のために大役を果たすんだと信じて砂漠を渡った。港に着く頃になってようやく、慣れない匂いに恐怖を抱いた覚えがある。汚水に覆われたタイショク国の首都は、想像していたものとまるで違っていた。十歳上の夫は悪い人ではなかったが、ヒタイが父から習った料理をきれいに作って出すと、一口でぺろりと平らげて「前菜が食べ終わったからメイン料理を持ってきてくれ」とむっつりとした顔で言うのだ。それで終わりだと答えると、怒りが抑えられない表情でヒタイを市場に引きずり込み、十数種類の料理をむりやり食べさせた。香辛料が効きすぎて唇がひりひりし、布で作ったきれいな靴は食べかすで汚れてしまった。どの料理も刺激が強すぎて、最初の一年間はずっと胃痛に苦しめられていたし、自分では食べられない料理を作るために煙がもくもくと立ちのぼる厨房で一日を送らなければならなかった。みんながおいしいものを食べるために貴族も奴隷もない国に発展したというタイショク国に、ヒタイは内心あこがれていた。だが、ある日目を覚ますと、奴隷になっている自分がいる。せっせと料理を作ったところで、一回の食事で平らげてしまう夫が化け物に思えた。夫がベルトに付けているクジラの飾りを見て、「自分にそっくりなものをつけやがって」と心のなかで憎まれ口をたたいたこともある。二年も経たないうちに、ヒタイは料理を作ることも、外出をすることも、言葉を覚えることもあきらめてしまった。ひっそりとした一人だけの部屋は、とても暑く、じめじめしていた。日覆《ひお》いをしたところで何も変わらない。ただただ高原が恋しくなり、日に日にやつれていった。そんなある日、ついに戦争が勃発し、ヒタイはどうにかこうにか脱出して国に無事帰還した。もし戦争が起きていなかったら、アツアツに熱せられたあの部屋のなかで死んでしまったはずだ。胸焼けする料理を食べて、すでに灰となってしまったはずだ。もう自分を愛国者とは言えなくなったヒタイは、実際には起こっていない自分の早い死をときどき頭に浮かべてみることがあった。

ショウショク国の兵士たちが色とりどりに輝く首飾りを両腕に捧げ持って、タイショク国陣営に届けた。

「ほっそりとしてるな」

「わざとあんなやつらを行かせたんだろう」

「痩せすぎてて刺すところもなさそうだ」

「刺すと硬い糞が溢れかえるさ。あの国はみんな便秘だっていうからな」

タイショク国の者たちがショウショク国の兵士たちを見てざわついた。

衣食住だけが重要視され、装飾文化はあまり発展していなかったので、タイショク国の者たちは残念ながら首飾りの価値に気付くことができなかった。殺害された将軍の夫人と娘にその首飾りをつけさせ、困惑した顔で会議を続けた。

「どうしてこんなものを送りつけてきたんだろう。この飾りでもくれてやるから帰れということだろうか。なんと返事すればいいんだ。われわれが要求したのは、首飾りではなく首だと書くべきか」

「これを要求したわけではないが、贈り物を受け取った以上、こちらとしても少しは態度をやわらげるべきかと」

「では鼻とか舌とかで折り合いをつけましょうか」

タイショク国の人間が最も恐れる刑罰は死刑ではない。舌を切り、鼻を取って、鼻の奥にある親指の爪ほどの嗅覚神経を取り除くことで料理を味わえなくすることだった。当時は解剖学的な知識が乏しかったにもかかわらず、嗅覚神経の場所だけは正確に知っていたところがタイショク国らしい。

「あちらが逃げられないように、こちらの意思を明確に伝えられる返礼品を送りましょう」

「ハナナガブタの鼻と舌を調理して送ってはどうでしょうか」

「何人前を?」

「五十人前ぐらいなら首脳部でひととおり味見できるのではないかと。高級料理なんか食べたことないでしょうから、いい思いをさせてやりましょう」

ハナナガブタはタイショク国でしか飼育されない食肉用家畜で、アリクイと豚の中間ぐらいの見た目をした小さな哺乳類だった。陸の生き物でありながら、クジラのような風味のある肉としわしわでコリコリした鼻、やわらかくて長い舌をはじめ、どんな部位でも食べることができた。タイショク国の料理人たちが二日かけて五十人分の料理を完成させた。料理人たちは油と酢の匂いを消すためきれいに身体を洗い、盛装をして、みずから銀の皿を手に捧げ持った。

「毛のないやつらがやってくる」

ショウショク国の人がつぶやいた。タイショク国の料理人には、男女問わず全身を脱毛する伝統があった。髪の毛も髭も、手足の毛もない。脱毛が極端にまで流行したときは眉毛までを剃っていたが、垂れてくる汗が邪魔になり、そのうちに眉毛は例外となった。眉毛だけをさまざまな色で染めている料理人たちは、優雅な手つきでお皿を並べると自分たちの陣営に戻っていった。

「なんだ、この気持ち悪いものは」

「われわれは礼を尽くして宝石を送ったのに、こんな不気味なものを持ってくるなんて」

「どなたか味見をしてみてください」

一人、二人、おそるおそる料理を口に入れ、すぐにハンカチに吐き出してしまった。

「いったいどういう肉なんだ」

ヒタイがハナナガブタについて説明し、鼻と舌の料理だと言おうとしたそのとき、奥のテーブルから〈尖峯《センポウ》〉がスプーンを地面に強く投げつけた。

「生殖器です！　辛くしょっぱく味付けしてごまかしていますが、見た目が間違いなく生殖器です！」

周囲がざわついた。あいつ、とヒタイはため息をついた。人の名前に鋭さを表す文字を入れるものじゃない、とセンポウを見ながらずっと前から思ってきた。センポウはヒタイより十五歳ほど年が上だったが、大人として尊敬はできなかった。亡くなった父の宿敵でもあったし、どんなことにおいても最も強硬な立場を取る人間だった。どこからそういうゆがんだ攻撃性が湧き続けるのだろうと、ヒタイは不思議に思っていた。ヒタイと顔を合わせるたびに、「ませたガキのくせに」「できそこないのくせに」「額も狭いくせに」という言葉をぎりぎり聞こえるか聞こえないかの声で言うので、ヒタイは老年の入り口にさしかかった彼の引退を待ち遠しく思っていた。急死も悪くないと思うが、ショウショク国の人間は寿命が長い。

センポウが戦争再現イベントに参加して捕虜となったタイショク国の人たちをみな去勢して送り返そうと煽り立てると、ヒタイが静かに口をはさんだ。

「生殖器ではありません。鼻と舌です」

センポウはヒタイの言ったことは間違っていると、さらにかっとなって口を開いたが、ヒタイは彼のみみっちくて歯並びの悪い口から暴言が飛んでくるだろうということを知っていた。すぐに、さきほど届いた五十一番目の銀の皿のふたを開けた。なかには手紙が入っていた。

**鼻一つ。舌一つ。願いはそれだけ。**

今度はヒタイも解釈を間違えなかった。間違える余地のない文章だった。ヒタイは静かに立って、テーブルを囲んで座っている人たちを眺めた。好奇心旺盛な何人かが食べなれないその料理をなんとか試してみようと頑張っていた。ヒタイは死んだ父を追悼する短い言葉を述べた。穏健派の首長だった父が、第一次戦争を止めようと行ったあらゆる努力を想起させようとしたのだ。亡くなった父を引き合いに出すしかない今の状況がもどかしくはあったが、とにかくもう腹いっぱい経験した戦争の惨状を、食道を逆流してくる料理とともに嚙みしめてほしかった。

「おもしろい方だった。君のお父さんは」

老いた一家の長が言った。

「賢明だったと言っていただけませんでしょうか」

「あの人はおもしろいと言われるほうが好きだと思うがな」

ヒタイは長い時間をかけて練習してきた穏やかな笑顔を作って見せた。

「鼻と舌か……食べられそうにはないけど、別に侮辱しているつもりではなさそうだ。相手の要望がはっきりしているなら、それを渡すようにしましょう。明日の正午に両陣営の境に犯人を連れていって、鼻を取り、舌を切りましょう。命だけは助けてやるのは、われわれの寛大さのしるしにもなるでしょう」

こんなところで事態収束かと思われたが、あの日、将軍を刺した俳優のミズウミが簡易監獄から脱走したことは、頭の回転の速いヒタイとしても予想外の事態だった。

タイショク国の陣営は、政治的立場云々の以前に、この事態が早く収拾されて運河の街に戻れる日を切実に待ち望んでいた。実のところ、大軍の半分は運送兵で、アリの列みたいに途切れることなく草原と砂漠を横断して食材を運んでいた。ショウショク国の兵たちは粉薬のようなものを食べていつまでもしのげるはずだが、タイショク国でそんなことが起きれば、戦争以前に蜂起が勃発するに違いない。死に物狂いで食料を届けても、一度に運べる種類には限界があった。河口に砂泥が堆積するように、不満が静かに蓄積されていくだろう。約束の時間にタイショク国側が要求した暗殺者でも抑留された捕虜でもなく、老人一人とショウショク国の人としては風格のある中年の女性が姿を現したときには、あちこちからため息が漏れ出た。

「不満ですが、貴国の坊やを殺害した反逆者が、昨日脱獄をしてしまいました」

ヒタイは「不満」と「遺憾」を、そして「坊や」と「将軍」を間違えてしまった。三十年という歳月は、タイショク国の言葉を忘れるに十分な時間だった。二人を迎え出たタイショク国の大臣らとスナは、その突拍子のない言葉を頭のなかでもう一度整理しなくてはならなかった。

「したがってご提案いたしますが、一緒に追い求めてはどうでしょうか」

「……追いかけようということですよね？　ショウショク国の言葉でお話しくだされば、僕がお伝えします」

スナはショウショク国の言葉で声をかけられ、ヒタイはこの場にふさわしくはなさそうだがそこそこ賢そうな少年と顔を合わせた。

「私が貴国の言葉を話すより、そのほうがいいでしょう。どこで峡谷の言葉を覚えたんですか」

「山羊肉の貿易でよく行ってたもので」

「ああ」

「僕の家族はまだショウショク国にいます」

スナはヒタイの気を逆撫でしないようにして言葉を続けた。

「簡明なものの神さまが、ご家族のみなさんが無事に帰れるよう見守ってくださるでしょう」

ショウショク国の老いた一族の長がスナを安心させた。

「追跡はどのようにされるつもりですか」

「風が強く、乾燥していて、足跡は残っていませんでした。どこに逃げたかはわかりませんが、馬に乗っていないのは確かです。両国がともに納得できるよう公正な処分を下すためには、犯人を見つけたらすぐにここに連れてこなければなりません。各国の兵から百人ずつを選んで追撃隊を作り、十人ずつ二十手に分かれて出発してはいかがでしょう。その際、ショウショク国の兵士とタイショク国の兵五人ずつで一組になるのがいいでしょう。タイショク国のご意見もうかがってみてください」

スナは、見るからに身分の高そうなヒタイが自分に敬語で話し続けることに感心した。平等だと言われるタイショク国でも一度も経験したことのないあたたかさだった。スナは何度も確認を取りながら言葉を通訳した。

「指揮は誰が執りますか。きっともめ事が起こるはずです」

「捜索場所がどの方面かで、より近い国のものが指揮を執るようにいたしましょう。道がわかる人間に任すのです。争いが起きるほど時間がかかることもないでしょう。歩いて逃げたんだし、すぐに見つかるはずです」

「見つけてここに連れてきたら?」

「みんなが見ているところで、お望みどおり、鼻と舌を切り取ってください。どちらかが先にケガをさせたり殺したりすれば、あとで問題が起きる可能性もあります。無傷で連れてくることを絶対条件にしましょう」

数時間後、追撃隊が二十手に分かれて出発した。大きくて速いが、持久力がないタイショク国の馬と、毛が太くずんぐりむっくりでのろまだが、坂道に強いショウショク国の馬が、かろうじて歩調を合わせて散っていく様子を、みんなが心配そうに見守った。

追撃隊が見えないところまで離れてからも、スナとヒタイはせわしなかった。同じ場所でせわしないときもあれば、それぞれの場所でせわしないときもあった。食事の時間になってようやく仕事から解放された二人は、共同会議場となったテント前の焚き火を一緒に囲んだ。スナが手際よくフクロアヒルの肉をさばき、ヒタイに分けてやった。ヒタイを敬う気持ちからわざわざフクロアヒルの袋の部分を取り分けたのだが、ヒタイは「そこじゃなくて赤身を、普通の赤身を」と心のなかで叫んでいた。スナは懐から小さな油壺を出すと、またヒタイに勧めた。

「なんの油ですか」

「香りのいいキノコ油です」

キノコ油は、タイショク国の食べ物のなかでヒタイが好きな数少ないものの一つだった。喜んでスナのほうに皿を差し出した。そのお礼にヒタイは、午前中に作って紙箱に入れておいた五色の落雁をスナに渡した。渋くて苦い味がかすかにするだけの落雁を、スナは断ることができずにぱさぱさした感じがなくなるまで嚙み砕いた。粉がしきりと気道に入って、咳込まないように気を払わなければいけなかった。

「ご婦人はタイショク国の言葉がどうしてお分かりになるんですか」

スナがヒタイに訊ねた。ヒタイは失敗した自分の結婚の話をわざわざここで持ち出したくなかったが、ふと元夫の近況が知りたくなった。豪商で大臣だった彼の名前をスナに告げると、少し困った顔で没年を教えてくれた。

「食べすぎで病気にかかったんですか」

「いいえ。お酒を飲みすぎて運河に転落しました。酔っていなければ上手に泳げたでしょうに、あの日はだめでした」

「クジラみたいな身体をして……浮きさえすれば助かったんだろうに。私が住んでいるところでは、崖から落ちる人が多いんです」

「ショウショク国の人も泥酔することがあるんですね」

「血液の量が少ないからか、すぐ酔います」

「運河も崖も景色はいいけど、非常に面倒ですね」

「より面倒なのは戦争です。あなたが戦争を経験しなくてもいいことを心から願っています」

これがヒタイの本音だと思ったスナは、他の人たちにも食べてもらおうとフクロアヒルをさらに焼き始めた。ヒタイは食事を終えてからも、肉をくるくる回転させながら均等に焼いていくスナの腕前を見ていた。

簡易監獄から逃げ出したミズウミは、ショウショク国の辺境の地にある製粉所に身を隠していた。もともと小川があった場所に建てられ、水車でさまざまな粉を挽いていたが、川水が干上がってしまってからはそのまま放置され、廃墟と化してしまった。歩いて逃げたら捕まってしまう。このまま山の上にいる仲間と連絡がつかなければ、もう死んだも同然だとあきらめかけていた。

もっと早く脱出できると思っていた。車輪がガタガタと揺れる簡易監獄のなかで、あれほどの時間を閉じ込められることになるとは思ってもいなかった。センポウはミズウミの秘密のパトロンだった。子どもの頃には、毎年の戦争記念日に顔を合わせることができた。センポウは戦争孤児の家にやってきて、毎年少しずつ言葉を変えながらいつか復讐をさせてやるという短い演説をしては、新しい服と靴をプレゼントした。そして孤児たちがその家を離れることになったある年、センポウはミズウミをこっそりと呼び出した。ずっと見守っていたというセンポウの言葉に、ミズウミは驚きを禁じ得なかった。小ぎれいな顔だしなかなかいい声をしているから劇団を紹介すると提案されたときには、驚きを超えて感謝の気持ちでいっぱいになった。もう十年も前のことだ。センポウはその後もたびたび舞台裏にやってきて、元気かとやさしく声をかけてくれた。自分のことを心配してくれるのは、この世でセンポウ一人だけのように思えた。戦争再現イベントでちょっとしたハプニングを起こしてほしいとひそかに指示を受けたときには、迷いもなく従うと答えた。

本当にちょっとしたハプニングを起こすつもりでいた。少しばかり行き過ぎた演技、軽いケガ、胸ぐらをつかむ程度の混乱を予定していた。両国の関係がほんのちょっとだけ冷え込む程度のシーンを作り出す。それほど難しいことではなかった。

だが、剣を手にすると、一度も自覚したことのない復讐心に圧倒されてしまった。身に覚えのない気持ちが燃え上がってきた。記憶にない親のため、だけではなかった。簡明なものの神を思い、ショウショク国で生まれて死んでいったすべての人を思う気持ちになった。激情に駆られて頭のなかが真っ白に燃え尽きると、物事がかえってはっきりと見えてきた。これまでの人生で起きたことはすべて、ミズウミをこの瞬間へと導くための軌道だったのだ。

「玉は一つの道を通してしか迷路を抜け出すことができない」

台本にない言葉を口にすると、周りの俳優たちがミズウミのほうを振り返った。ミズウミは我を超越した大きな存在に召され、生まれて初めて経験する充実感に身をゆだねた。練習期間中に高原地帯での生活は疲れると文句ばかり言っていたタイショク国の将軍の太い首を刺したとき、憎悪も嫌悪も怒りの感情も起こらなかった。起こるべきことが起こったという、歴史の一ページを刻むための道具になったという穏やかな満足感だけがあった。それからミズウミが口にした言葉は、実のところ、自分の言葉というよりはセンポウが毎年繰り返していた秘密の演説を繋ぎ合わせたようなものだった。ミズウミはそのことに気付いていなかった。

倒れている将軍の身体に乗っかったまま、それほど遠くない観客席のなかにセンポウを発見した。センポウは彼の視線を避けていた。あとから人を送り、自分のことについては絶対に口にしてはいけないと念を押し、そうすれば助けてくれると約束していた。ものすごい脱出計画があると期待したわけではないが、結局やってきたのは別の戦争孤児だった。檻のドアをそっと開けてくれただけ。ほかにどんな言葉もかけてもらえず、食料ももらえなかった。水が半分ぐらい入った瓶を手渡されたのがすべてだった。

あなたが約束した復讐はこういうことではなかったのですか？　あなたが求めていた「簡明な神の真の戦士」は僕ではありませんでしたか？　もう一度だけセンポウに会えるものなら、こう尋ねてみたかった。もう少し歩かなければ。夜が明けるまで歩かなければ。ここで足を止めたらつかまってしまうはずだ。そんなことを思いつつ、のどの渇きと傷だらけの足の痛みに苦しみながら眠りに落ちていった。

廃墟になった製粉所のドアが、ショウショク国の兵五人とタイショク国の兵五人によって勢いよく開けられたときも、すぐに目をひらくことができなかった。ぎこちない姿勢で馬に乗せられたミズウミは、ふたたび砂漠に連れていかれるあいだも、高原に戻る夢を見ていた。砂漠ではなく山に。夢うつつにきれいな水が流れる音が聞こえてくることもあった。

お腹がすいて目を開けたときには、久しぶりに柔らかくて脂っこいものを食べたいと思った。思い出したのが簡明な料理ではないことに、妙な後ろめたさを感じてもいた。

タイショク国のほうから〈キリトルモノ〉が前に出てきた。彼はすぐにでも作業に取り掛かりたそうな顔をしていた。十万人もの前で自分の切り取る腕前を見せられることは、彼にとって名誉なことだったのだ。完璧に切り取り、卑劣な暗殺者が少しの匂いも味も感じることができないような人生にしてやろうと思った。

「ほとんど血も出ないでしょう」

スナがヒタイにその言葉を通訳した。

「待ってください。この人の舌があるうちに、最後にもう一度だけ首謀者のことを聞いてみましょう。少しだけ時間をください」

血がかかることのを心配したのか、濃い色の服をまとってきたヒタイは、キリトルモノにお願いをした。タイショク国の大臣たちが頷き、許可を与えた。

「あなたは戦争を知る世代ではありません。誰があなたにそんな指示を出したんですか。誰がそんなことをさせたんですか」

恐怖で青くなったミズウミは、まだ何ひとつ理解できずにいた。もしこのすべてが塩のせいで起きたことだとわかっていたなら、すべてのことを自白できたかもしれない。そもそもあのような真似をしなかったかもしれない。センポウのおもな財産には、銀の鉱山と岩塩洞窟があった。十数年前に鉱山の銀が底をつき、岩塩洞窟の重要性がより高まってきた。洞窟から採掘した塩には不純物が多く含まれており、よく言えば独特な香りがしたし、悪く言えば雑味があった。一度にたくさんの量は使えないたぐいの塩だったが、どうせシヨウショク国の人たちは味付けを強くすることもなかったし、特に不満を感じることもなかった。しかし、タイショク国と平和ムードが醸成されると、質のいい塩田の塩が流入し始めた。センポウの独占が一瞬にして崩れた。センポウとしてはこのまま見過ごすわけにはいかなかった。

「実は……」

ミズウミは何ひとつわかってはいなかったが、とにかく何かを話そうとした。そうすれば鼻と舌のどちらかは守ることができるかもしれないと、そんな希望を持って口を開いた瞬間だった。口から言葉ではなく、血があふれ出た。

ミズウミの首には矢が刺さっていた。誰も弓音は聞いていない。弓で肉が裂ける音だけが聞こえた。遠くから飛んできた矢だ。ある人は地面に腹ばいになり、ある人は走り始めた。ヒタイはそのままミズウミの横に立っていた。ミズウミは穏やかでない顔で周りを見回し、センポウのところで視線をとめた。死ぬ間際までミズウミにはわかり得なかったことだが、その視線を追いかけていたヒタイはすぐに理解した。ヒタイに向かって飛んできた二つ目の矢が、本能的にヒタイの袖を引っ張ったスナのおかげで逸れていった。両国の弓兵が、慌ただしく反撃を始めた。矢が飛んできた、視線が届かない丘の向こうに数千本の矢が一斉に放たれた。

「ハリネズミになったかもしれません」

スナが腹ばいになったままの姿勢で言った。

「いえ、もう逃げたはずです」

ヒタイの言うとおりだった。両国の兵たちは、落ちた矢をただ仲良く拾いにいった。望んだお返しがもらえず、タイショク国の人々は機嫌を損ねてしまったが、かといって戦争がしたいほどではなかった。とにかく殺人犯は死に、ショウショク国の内部情勢がめちゃくちゃだということもわかり、砂に水をかけて作った泥に一家の長たちが額をつけるという屈辱的な態度で謝ってきたため面目は立った。

「残党を狩り出すのにお手伝いは必要ありませんか」

どういう答えが返ってくるかわかりながらも、タイショク国の大臣たちは最後の最後まで相手をからかってこう尋ねた。

「嬉しいお言葉ですが、結構です。残党を必ず狩り出して、その首を塩漬けにしてお送りしましょう。必ず塩漬けにしてお送りします」

ヒタイがわざと大きな声で答えた。タイショク国の人たちは、その過激な表現をあまり気に留めなかったが、センポウが急いで自分のテントに帰っていくのが見えた。

「ご家族のみなさんは、すぐにお帰りになれるでしょう。おかげさまでいろいろ助かりました」

今度はスナに向かって言った。ヒタイのていねいなあいさつに、スナは嬉しくなった。

「それから……」

ヒタイが付けていたブレスレットを取ってスナに渡した。円柱の形に削った二つの青い石を、精巧に細工した金でつないだきれいなブレスレットだった。

「こんな貴重なものを、どうして僕に……。こんなものは要りません」

スナがびっくりして返そうとしたが、ヒタイには受け取る気がなさそうだった。

「おかげさまで命が助かりましたから。でもそれだけではありません。もともと差し上げるつもりでした。あなた方にお会いできるとわかっていたら、もっとたくさんの装身具を付けてきただろうに……いま持ってるものがこれしかありません。あなた方は簡明な賢さをお持ちですし、しっかりした教育を受けられたら今後立派なお仕事をされるでしょう。少しでもお役に立ちたいんです。まずはこのブレスレットを売ったお金をどうぞ勉学にお使いください」

簡明な賢さとは、一体どういうことなんだろう。スナはおそるおそるそのブレスレットを受け取った。

「そうだ、他国の商人に持っていかないとちゃんとした値は付きません。貴国の商人にはこの価値がわからないでしょう」

「はい、そうします。大事に使わせていただきます。ありがとうございました」

「今年でも来年でも、もしショウショク国にいらしたらぜひ我が家にもお越しください。絶対ですよ」

「はい、ぜひおうかがいします」

「社交辞令ではありませんからね」

「社交辞令を言わない方なのはわかっていますから」

スナはそれから本当に何度もショウショク国のヒタイのところを訪れた。ヒタイはスナを手厚く支援した。その後、ふたたび悪化した両国の関係をスナが回復させたことを知ったらとても嬉しく思ったはずだ。ヒタイが父親の名前を持ち出していたように、スナはヒタイの名前を持ち出した。ヒタイの笑顔を真似て、ヒタイの悪くなかった人生をおさらいするように語った。ヒタイは最初の結婚が失敗に終わったこと以外、別に汚点のない人生を送ったし、その汚点を記憶する人もあまりいなかった。

スナはヒタイが二度目の結婚によって授かった孫娘、そして三度目の結婚で授かった末娘とのあいだでちょっとした三角関係に陥ってしまったが、結局は末娘のほうと結ばれることになった。ずっと長い歳月が経ち、二人で最も簡明な花を摘みに行ったときに、日差しが妻の鼻先を照らしているのを見て、ようやくスナは若かった自分が彼女を妻にした理由を理解した。ヒタイによく似ていたのだ。

# あとがき

小説を書き始めたのは短編からだったのに、短編集が出るまで少し時間がかかってしまった。およそ九年で六冊の長編小説を書いてからようやく、こうして一冊にまとめることができたのだ。どんな言葉をつけ足せばいいか悩んだけれど、物語の裏話、どこから物語の断片が来ているかについて、ただ楽しく書いておいたほうがいいだろうと思う。

小説がネットのリンクを介して拡散される時代に、予想外に大きな反応が寄せられることがある。私にとって「ウェディングドレス44」がそんな作品だった。最初から「munjang webzine」でのウェブ連載が決まっていたため、スマホで読みやすい書き方にしようと努めた。軽い気持ちで、楽しく書いていた覚えがあるが、あれほどにも早く、たくさんの方の目に留まることになるとは思いもよらなかった。おかげで本当にたくさんの方と握手することになった。発表数日後に別の打ち合わせで会った

webzineの関係者たちと、インタビューのために会ったたくさんの記者たちと、同時代を生きるたくさんの女性たちと嬉しく手を握り合った。いい反応ばかりあったわけではなく、文学界からは、こんなのは小説じゃない、といった酷評も多く寄せられた。そういう評価に、別段傷付いてはいない。権力を持つ側をちょっとは挑発したり刺激したり不快にさせたりしてこそ、いい小説なのではないか、と思っている。何より私には、書き手が小説だと思って書いたものであれば、それは小説だという確信がある。「ヒョジン」は表題作にしたかったほど、好きな作品だ。検索に絶対引っかからないだろうという意見に納得し、あきらめるほかなかった。語り手であるヒョジンのモデルになった人物は、大学時代に誰よりも仲がよくて、少しのあいだルームシェアをしていた友達だ。私がよく描く、かわいらしいと同時に苦いユーモアを交える女性キャラクターは、すべてその友達に似ている。去年もらった文学賞の受賞式に花束を持ってきて、こんな会話をしていたほどだ。

**友達**　はじめまして。私は大学時代の友達です。
**小説家B**　ああ、じゃあ、どの小説に出てくるんですか？
**友達**　あっちこっちにちょっとずつ、ずっと出てきてる気がします。

**小説家B**　すごく仲のいいお友達なんですね！

通りすがりにこんな会話が聞こえてきて、大笑いしてしまった。友達の魅力については、これから何十年も書いていけると思うけれど、これまで書いたもののなかで彼女の魅力をいちばんぎゅっと凝縮して描けたのが「ヒョジン」だったと思う。なので書いているあいだも、直しているあいだも、彼女と一緒にいるような気がして楽しかった。二十歳のときに出会い、誰よりも私のことを完璧に理解してくれる。このたった一人のおかげで、他の人には理解を求めようとせずに自由になることができた。

歴史教育を専攻したと言うのが恥ずかしくなるときがある。クイズ番組に出る歴史問題をいつも間違えてしまうからだ。しかし、歴史を勉強するあいだに身につけた道具は、小説を書く際に非常に有効だった。「ご存じのように、ウニョル」は、前近代における日韓関係史を勉強していたときに知った「仮倭《カウェ》」から始まった小説だ。仮倭という存在がいたということ以外は、すべて作り話である。ウニョルという名前は、好きな後輩のニックネームを、許可を得て借りた。過去の空気感を懸命に再現し、実在していそうな人物がそのなかで暮らしていく話を、たくさん書いていきたい。歴史は、いつだって私の拠り所だ。

「屋上で会いましょう」は、いろんなところに掲載、ラジオドラマも制作され、多方面で大いに役に立った短編である。ただ、書いているときはラジオドラマになると思わなかったので、夫役の声優さんがまともなセリフひとつなく、唸ってばかりいなければいけなかった……。たぶんこれまで演じたなかでいちばん困惑するキャラクターだったと思う。遅ればせながら申し訳なかったという気持ちをお伝えできればと思う。会社での生活がつらかったときに、好きな人たちと屋上でタルトを食べていたところは本当にあった話である。

一緒に働いていた人を、さまざまな理由で失ってしまった。亡くなった方たちの年齢を、目盛りがあがっていくみたいに通り越して暮らし続けることが、ときどき気が遠くなるほど恐ろしい。「ボニ」は亡くなった人びとのために書いた。それで答えはなんだ、と聞かれてしまったら無力感に襲われるけれど、これからも答えのない質問にさらにしがみついていくしかないと思う。メージという名前は、会社でお弁当を一緒に食べていた友達のあだ名から借りてきている。大切な人たちがおばあちゃん、おじいちゃんになるのを見届けていきたい。

「永遠にLサイズ」は、「ドリーム、ドリーム、ドリーム」の代わりに私のデビュー作になったかもしれない作品だ。二十五歳のときに書いたこの短編は、私をずっと笑わせてくれる。失恋と失業の時期がたまたま重なってしまっててんやわんやしていたある日の夜中に、とつぜん「干し柿は、実はアンデッドなんだよ！」と叫び、そのわけもわからない発想をもとに築き上げた小説だからだ。いま考えると、心のバランスを相当失っている状態だった気がするけれど、たまには干し柿のために、二百字詰め原稿用紙に八十枚ぐらい、書いてもいいのではないか。

『匿名小説』の企画者の一人として、あのアンソロジーはもっと愛されるべきだったと悔しく思う。本当にいい作品ばかりが集まっているのだ。私たちが予想できなかったのは、作家の名前というバックグラウンドが、販売につながるという事実だった……。あのとき、企画者を信じて参加してくれた他の小説家たちを、いまも最高の仲間だと思っている。「ハッピー・クッキー・イヤー」は、もっぱら書き手の性別を騙すために書いた小説で、一定部分成功している。読者の多くが、男性作家の書いたものだと確信していたが、そのような断定の言葉を目にするたびに、大きな喜びを味わった。書き手の性別によって作品への評価が変わってしまうことは、いまでもよく起こっている。女性作家を取り上げる際にどんな表現を使えばいいか、よく考えていただきたい。さらに、韓国が政治的に暗かった時期に書かれたのも、この小説に影響を与えている。当時、「それでも中東よりはマシだろう」という言葉をネットでよく目にしたが、本当にマシなんだろうか、と疑うような気持ちで、中東地域の男性を語り手に決めた。語り手の国籍はヨルダンを念頭においている。一度は行ってみたいところだ。食物アレルギーの話を書いたのは、ピーマンとしょうがアレルギーに苦しめられすぎているためだが、小説のなかに出てくる注射剤は実在しない。食物アレルギーがあるすべての人たちが、疲れすぎることなく危険な食べ物をしっかり避けられたらいいなと思う。ケヒョンは、昔ながらの友達の名前だ。よく笑うところも借りてきている。「ボニ」と「ハッピー・クッキー・イヤー」を足したら『フィフティ・ピープル』になるということに、あとから気付いた。やはり、同じテーマをさまざまな角度で書いていくだけなのだろう。

同時代を生きるたくさんの人のために小説を書くときもあるし、誰か一人のために書くときもある。「離婚セール」は、離婚してからずっと元気で楽しくなった誰かを祝うために書いたものである。非現実的な話だが、少しずつ毒がたまっていく結婚というものがあるのだから、デトックスとしての離婚もあるだろうという思いで、物語を紡いでみた。これからさらに輝く日々を迎えますように。

「ヒタイとスナ」はアイディアをプレゼントしてもらって書いたものである。さきほど出てきた小説家Bはペ・ミョンフンさんなのだが、同僚作家にこれほど利他的な方もいないだろう。作家活動を始めた頃から役に立つ情報、いいチャンス、注目されやすい紙面などを快く分けてくれたのだが、ある日、小説の素材までお裾分けしてくれた。

「矢文が行き来するうちにだんだんと誤解が膨らむ二つの国の話を書いてみたらどうですか？　なんとなくうまく書けそうな気がするので、プレゼントしますね」

そのアイディアに二年ほどかけて肉付けして、完成させた。いつかペ・ミョンフンさんバージョンの矢文の話が発表されるかもしれない。ヒタイというキャラクターを考えたのは、前近代の婚姻外交が目的を果たせず失敗に終わるときもあっただろうと思い、その後、関係していた女性たちはどんな人生を歩んだのだろうと、想像してみたかったからだ。ヒタイに一国の専門家として破局を防ぐ重要な役割を担わせたいという目的があった。スナも女の子にしようかと迷ったけれど、表向きには平等に見えるタイショク国が、女性を厨房に閉じ込めてばかりいることを強調するためには、男の子にしたほうが筋が通るのではないかと思った。料理小説として読んでもらっても、戦争小説として読んでもらっても、ミニマリズムとマキシマリズムへの比喩として読んでもらってもかまわない。たまには読む人によって異なる出口のある迷路のような小説を書いてみたくなるけれど、「ヒタイとスナ」がまさにそんな小説なのだ。

編集者のパク・ジョンさんに感謝の気持ちを伝えたい。おかげでどんなに大きな部分が改善されたことか。この本を世のなかとつなげてくださった出版社のみなさんにもお礼を申し上げたい。イラストレーターのス・シンジさんには、彼女の解釈が、小説の真んなかを、小説を書いていたときに感じた寂しさの真んなかを、射ぬいていて泣いてしまったと告白したい。的確な読みで小説を読んでくれる評論家が、小説家をどんなに元気付けるかを思い知らせてくださったホ・ヒさん、大好きで見習っていきたい映画監督イ・オニさんにも感謝したい。

長らく私の本を読んでくださっている読者の方々にも、いつもつながっているような気がするとぜひ伝えておきたい。

二〇一八年十一月
チョン・セラン

# 訳者あとがき

チョン・セランがデビューしてもう十年なのに驚く。本書はデビューから九年目にあたる二〇一八年に出た短編集で、デビュー作のファンタジー小説「ドリーム、ドリーム、ドリーム」(二〇一〇)の時代から純文学として高い評価を受ける近年の作品までを網羅し、チョン・セランの作家としての歩みがうかがえる一冊となっている。

永遠にLサイズ『猫生晩景：二〇一〇 幻想文学 webzine ゴウル中短編選』(ゴウル、二〇一〇)
ご存じのように、ウニョル『1/n』(二〇一〇年秋号)
屋上で会いましょう『文芸中央』(二〇一二年夏号)
ボニ「munjang webzine」(二〇一三年六月号)
ハッピー・クッキー・イヤー『匿名小説』(ウネンナム、二〇一四)
ヒョジン『創作と批評』(二〇一四年冬号)

ヒタイとスナ『文学トンネ』(二〇一六年夏号)
ウェディングドレス44「munjang webzine」(二〇一六年八月号)
離婚セール『現代文学』(二〇一八年八月号)

本書の収録作が書かれる八年のあいだ、チョン・セランは『アンダー、サンダー、テンダー』(吉川凪訳、クオン)でチャンビ長編小説賞、『フィフティ・ピープル』(斎藤真理子訳、亜紀書房)で韓国日報文学賞を受賞するなど、最も注目を集める作家のひとりとなった。だが、おそらく彼女に、そのような評価は無用だろう。

韓国で作家がデビューするのは、各新聞社が毎年正月に受賞の発表をする「新春文芸」や、大手出版社による新人賞の場が一般的だった。いま日本で知られている多くの韓国作家も、だいたいどちらかの方法でデビューを果たしている。

でも、チョン・セランのデビューはちょっと違う。編集者の仕事をしながら作家を目指し、さまざまな新人賞に応募していた。しかし、結果はいつも最終選考で落選。「逃した賞金が、一億五千万ウォンにのぼる」と冗談を言っているほどだ。

落選の理由はいつも、「主人公に悩みがなく、明るい」から。韓国では、ファンタジー、SF、ミステリーなどの小説は「ジャンル小説」といわれ、純文学より文学的価値が低いと思われている。チョン・セランの応募作は「ジャンル小説的」だと評価され続けた。だったら、という気持ちで、ジャンル小説を扱う月刊誌『ファンタスティック』の編集長に小説を見せると、すぐにデビューが決まった。「永遠にLサイズ」と「ご存じのように、ウニョル」が掲載された「webzine ゴウル」もカルチャー季刊誌『1/n』も、いわゆる純文学系の「文壇」とは遠い媒体だった。

「webzine ゴウル」(http://mirrorzine.kr/) は、チョン・セランの出発点と言える。『ファンタスティック』と『1/n』は事実上廃刊になっているが、「webzine ゴウル」はいまも活動を続けている。

ゴウルは境界が不明確な人的ネットワークです。会員登録もできるけれど、しなくても構いません。書き手と書き手ではない人の区分があるけれど、書き手が読み手であり、読み手も書き手であるという不明確な境界のなかでみんなが活動をしているので、(書き手と読み手の) 範囲を簡単に定めることはできません。

「webzine ゴウル」サイトから

「webzine ゴウル」が面白いのは、「人的ネットワーク」というところだ。執筆陣に加わるためには「年末読者短編最優秀作に選ばれること」「四半期別読者短編優秀作に二回選ばれること」といった条件があるとはいえ、このサイトでは「創作掲示板」に誰もが作品を掲載することができる。だから書き手と読み手の境界はあいまいで、みんなが「webzine ゴウル」という場を創っている。チョン・セランは『フィフティ・ピープル』で、主人公も脇役もなく五十人もの登場人物が大学病院という舞台を行き来する群像劇を描いたけれど、これは「ゴウル」の空間で呼吸していた彼女ならではの感覚だと思う。

文芸評論家のホ・ヒは、本書の韓国語版の解説（「小さなものたちの大きなささやき」）で、チョン・セランの作品には、「共同体性」があると指摘する。「共同体性」とは何だろうか。

組織性と共同体性とは異なる。組織性がさまざまな構成員を画一化しようとする権力だとすれば、共同体性はさまざまな構成員がみずからの意思によってつながる、なんとも命名しがたい形で現れる動きの総体である。

例えば「ヒタイとスナ」について、「彼らはトランスナショナリズムの象徴」だとする。単に自国の文化のなかだけで生きることは、同じ文化をみんなと共有する「画一化」のなかで生きるということになる。「ナショナリズム」というのは、そういう、みんなを同じ国民としてまとめてしまう力のこと。一般的には、これも「国家」という共同体といわれる。しかしヒタイとスナの二人は、それぞれ互いの文化を両方知っているし、両方の文化のなかで生きた経験がある。そんな二人がたまたま出会って、つながりをもつ。生まれた国や、人種といった、ステータスでまとまるわけではない。たまたま出会った二人が、自らの意識で、共同体を形成する。そのつながりは強制されることもなく、国家的な共同体も越え出て、自由だ。

「チョン・セランが唱える共同体性は、特定の民族やジェンダーを越えるやさしさのダイナミックな交流を前提とする。開かれたつながりである」(ホ・ヒ)

チョン・セランの「共同体性」は、こんな自由でオープンな人々のつながりだといえる。

「ゴウル」という場は、まさに「開かれたつながり」をもった「人的ネットワーク」だった。彼女は、「開かれたつながり」について、「開かれたつながり」のなかで書き、読まれようとしていたのだろう。この姿勢は、本書でも随所にみられる。

「ヒョジン」は、女性というだけで、男性中心的な家父長制社会から疎外されたり抑圧されたりする環境を生きてきた女性が語り手となっている。この作品は冒頭から主人公の独白のように書かれるけれど、実は電話で友人と話していた会話であったということが最後に書かれる。だから、旧知の間柄の二人には言わなくても通じるようなことが読者に説明されないまま話されていって、読者はわからないままに読み進める。そして最後に電話での会話であったことがわかり、納得する。と同時に、はたと気づく。自分は「ヒョジン」という作品から疎外されていたのだということに。これはまさに主人公が女性として感じてきた、社会からの疎外感であり暴力性である。読者が作品を「読む」ことによって、主人公との共感を得られる仕掛けになっている。

「ご存じのように、ウニョル」では、ある歴史上の人物の資料から、その人物がどのような生き方をしていたかという物語が語られる。しかしそれを語る主人公は、そんなものは自分が勝手に作り上げた「虚構」だと自覚する。「資料」は主人公に「読まれる」ことで、ある虚構の物語を生み出す。小説というのもまた、他者とつながることで「虚構の物語」として生み出されるのではないかという気がしてくる。

「ハッピー・クッキー・イヤー」は、当初、短編集『匿名小説』の一編として掲載された。『匿名小説』は、十名の小説家が匿名で小説を掲載するというコンセプトで、チョン・セランがこの作品で目指したのは、固有の名前を持たない、誰でもない匿名の場所で書くことだった。

『匿名小説』でチョン・セランは、この本の企画者として、「小説家W」という名前で参加している。

「作家の名前とは、ブランドのようなもの。（中略）ときにはブランドとは関係なく、作品を書いてみたい。では、匿名で小説を書いてみてはどうだろうか」「MとWは『文壇の権威主義と禁忌を挑発してみたいという欲求がある。全体が全体を抑圧する雰囲気の下で、これまで書けなかったこと、本当に書きたいことを書いてみよう』と意気投合した」（東亜日報「小説家M、V、H、Wの名で文壇の禁忌に挑む」）というように、一人の匿名の書き手による作品として書かれたこの短編がどのような評価を受けたのかは、著者のあとがきに書いてあるとおりだ。どう書けばどう読まれるのかを想定して書くこと。それは自身だけでなく、匿名の「読む誰か」も最初から作品に織り込み済みだということだ。

これはやはり、作品は読者に「読まれる」ことで成立するという意識によるものだろうし、それは、作品を書き手と読み手という「開かれたつながり」のなかに置いて流出させ続ける試みなのだろう。「ゴウル」で活動していたキャリアは、間違いなく中核となっている。

韓国でジャンル小説を書き続けることはそう簡単なことではない。まず媒体が少ない。どうにか作品を発表したとしても、まともな評価を受けない。チョン・セランもデビュー後に二冊の長編小説を発表したのに、文壇から注目されることはなかった。三作目となる『アンダー、サンダー、テンダー』で、ジャンル文学の要素を取り除き、チャンビ長編小説賞を受賞。これに関しては「もっと露出されなきゃいけない、読者との接点がなきゃいけない、という実用的な思いがあり、文壇システムを利用した」と振り返っている。チョン・セランは文壇に入るため、作家になるため、小説を書いているわけではない。目的は「人的ネットワーク」の開かれた場で書き、読まれ続けることであって、その手段として文壇を「利用」したに過ぎない。

そんな彼女が「主人公に悩みがなく、明るい」という理由で「文壇」から落選させられるのは、当然かもしれない。ライトだろうが、ファンタジーだろうが、純文学的であろうが、「読まれることで意味を成すもの」を、あの手この手で書き続けるという挑戦こそが、チョン・セランの「文学」だから。

権威、常識、慣習といったものから自由な場所で書いているチョン・セランは、だから「屋上で会いましょう」と読者に語りかける。既存の価値観や、社会制度、文壇といった、建物の内部からは決して見ることのできない、開かれた場所としての「屋上」。新しいつながりは、「屋上」で始まる。

これがチョン・セランの文学で、また、いまの韓国文学の潮流でもあると思う。こうした作品が、広く共感され、受け入れられているという事実が、韓国文学にとって、韓国社会にとって、あるいは日本文学や社会にとってどのような意味があるのか、じっくり考えていきたい。

これほど示唆に富む作品を翻訳する機会を与えてくださった編集者の斉藤典貴さん、質問に迅速な返事をくださったチョン・セランさん、丁寧なコメントをくださった校正者の谷内麻恵さん、訳文の相談に乗ってくださった斎藤真理子さん、小山内園子さん、呉永雅さん、心の支えになってくれた家族と友人にお礼を申し上げたい。

二〇二〇年五月十二日

すんみ

著者について　チョン・セラン

1984年ソウル生まれ。編集者として働いた後、2010年に雑誌『ファンタスティック』に
「ドリーム、ドリーム、ドリーム」を発表してデビュー。
13年『アンダー、サンダー、テンダー』（吉川凪訳、クオン）で第7回チャンビ長編小説賞、
17年に『フィフティ・ピープル』（斎藤真理子訳、亜紀書房）で第50回韓国日報文学賞を受賞。
純文学、SF、ファンタジー、ホラーなどジャンルを超えて多彩な作品を発表し、
幅広い世代から愛され続けている。他の小説作品に『保健室のアン・ウニョン先生』
（斎藤真理子訳、亜紀書房）、『地球でハナだけ』『八重歯が見たい』『声をあげます』などがある。

訳者について　すんみ

翻訳家・ライター。早稲田大学大学院文学研究科修了。
訳書に『あまりにも真昼の恋愛』（キム・グミ、晶文社）、
共訳書に『北朝鮮　おどろきの大転換』（リュ・ジョンフン他、河出書房新社）、
『私たちにはことばが必要だ　フェミニストは黙らない』
（イ・ミンギョン、タババブックス）などがある。

〈チョン・セランの本 02〉

屋上で会いましょう

著　者　チョン・セラン
訳　者　すんみ

2020年7月15日　第1版第1刷発行

発行者　　株式会社亜紀書房
〒101-0051　東京都千代田区神田神保町1-32
TEL　03-5280-0261（代表）　03-5280-0269（編集）
http://www.akishobo.com/　振替　00100-9-144037

印刷・製本　株式会社トライ　http://www.try-sky.com/

　ISBN 978-4-7505-1652-3　C0097